転生したら最強種たちが住まう島でした。4
この島でスローライフを楽しみます
Author 平成オワリ
Illustration Noy

スノウ
生まれたばかりの「氷の大精霊」の少女。アラタとレイナのことが大好き
レイナ・ミストラル
「七天大魔導」の少女。人類（では）最強の魔法使いで、家事全般が得意

ルナ
島で出会った神獣族の女の子。いつも素直で元気いっぱい
サクヤ
鬼神族ギュエスの妹で、心優しい少女。着物作りが上手

「あら、驚かせてしまいましたか？」
タマモ
妖しい雰囲気の美女。ルナと似た尻尾を持つが――？

転生したら最強種たちが住まう島でした。

この島でスローライフを楽しみます

4

平成オワリ
Author
Noy
Illustration

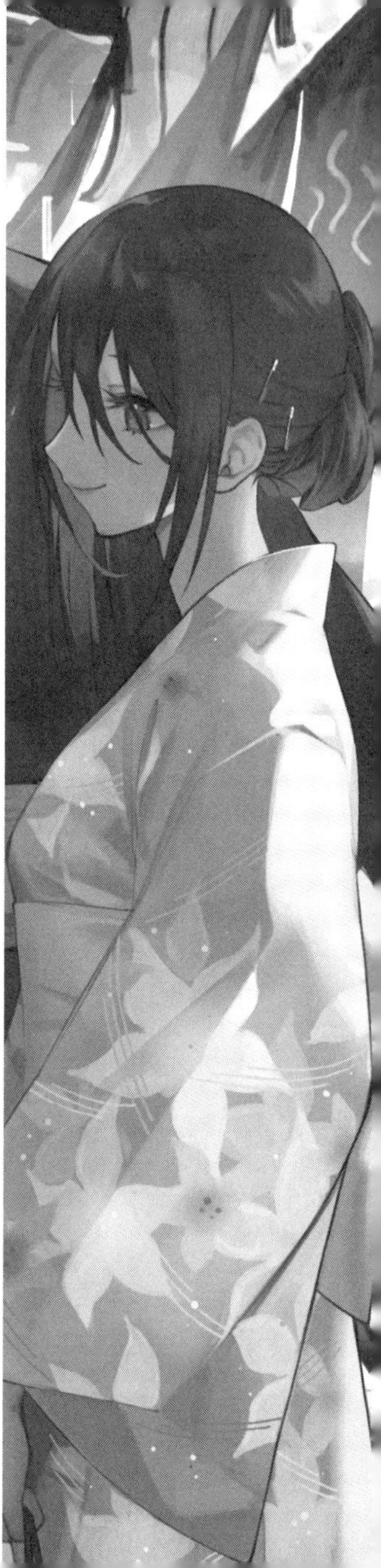

登場人物

「七天大魔導」の少女。人類(では)最強の魔法使いで、家事全般が得意

「健康な肉体(無敵)」を特典に転生した日本人。最強種たちの島でスローライフを送る

島で出会った神獣族の女の子。いつも素直で元気いっぱい

「神龍バハムート」を祖にする古代龍。とあるきっかけでアラタを全力で慕っている

島に遙か昔より住む「真祖の吸血鬼」。長生きの暇つぶしで他人をからかうのが趣味

生まれたばかりの「氷の大精霊」の少女。アラタとレイナのことが大好き

プロローグ　子どもたちの雪遊び

前世で過労死した俺こと藤堂新《とうどうあらた》は、神様と出会い、異世界に転生させて貰うことになった。

どうやら俺の死は神様のミスだったらしく、転生特典なんて小説や漫画で出てきそうなものを貰った上で、だ。

ちょうど人間関係に疲れていたタイミングであったこともあり、願ったことは二つ。

一つは『人間』の住んでいない島に転生させて欲しいということ。

そしてもう一つは、『病気と怪我《けが》をしない強い身体《からだ》』。

俺としてはこの二つで十分だったのだが、神様のミスというのは相当厄介らしく、口止め料としてさらに『見ただけで相手の魔法やスキルをコピー出来る力』まで付けられた。

ロマンがあるから、と神様は言っていたが、別にファンタジー漫画のように戦おうなんて気はさらさらない。

そもそも、人がいない場所でこんなチートを貰ってどうしろと？　と最初は思っていたのだが……。

実際に転生してからは、この能力を貰っておいて良かったと心の底から思った。

なにせ、俺が転生したこの神島アルカディアは、『人類最強の魔法使い』よりもずっと強い魔物や種族たちが住んでいたのだから——。

「それに、普通に生活するうえで魔法って便利すぎる」

神様に出会ったときの自分はどうかしていた。

人と関わりたくない、というのはまだしも、未知の世界に対して丈夫で健康な身体だけでどうしようというのだ。

火一つ、まともに起こしたことがないというのに、サバイバルで人並みの生活なんて出来るはずがないだろうに……。

最初にレイナと出会わなければ、森の木々に齧《かじ》り付きながら野生児のような生活を送っていたと思うと、ぞっとする。

最強の魔法使い集団『七天大魔導』の一人、レイナ・ミストラル。

彼女と出会い、そして一緒に生活をしながら魔法を教えて貰い、そして今では大自然の中だというのに快適な家まで用意できた。

憧れのマイホームだ。

そして毎日のように遊びに来る、この島で出来た友人たち。

神獣族のルナ、エルガ、古代龍族のティルテュ、アールヴのカティマ。

新しくこの島にやってきたレイナの同僚、ゼロスにマーリン。

最初はわだかまりがあった彼らも、一緒に生活をしていくうちに打ち解けていくことになる。

そして――。

「ぱぱぁ！」

「おっと」

蒼銀《そうぎん》色の髪をした少女が、俺を見つけると嬉しそうにダイブしてきた。

避《よ》けるわけもなく、彼女を空中でキャッチして抱きしめると、スリスリと嬉しそうに頭をこすりつけて甘えてくる。

「おはようスノウ。朝から元気だね」

「うん！　今日はひんやりしてて気持ちいいの！」

「そっか」

そんな風に、朝から元気いっぱいの少女――氷の大精霊スノウはコアラのように俺に抱きついてくる。

落ちないように両手でしっかり固定してあげると、顔を上げて俺の頬をぺたぺたと触ってきた。

スノウのひんやりとした手が気持ち良い。

「こら、やめなさい」

「えへへ、やめないー」

俺が困った顔をするのが楽しいのか、にへらと笑ってご満悦だ。

アールヴの村で聞いた、大精霊様たちの異変。

その調査の中で出会った彼女は俺を見て、ぱぱと呼び――。

「スノウこっちにいたのね」

「あ、レイナ」

「ままだ！」

大好きな『まま』であるレイナが現れた瞬間、スノウは先ほどまで全力でくっついていたのが嘘のように、慌てて身体を動かして俺から下りようとする。

急げ急げ、と声が聞こえてくるようだ。

ちょっと寂しい気持ちになりながら、ゆっくり下ろしてあげると、脇目も振らずにレイナに飛びついた。

「まま！」

「もう、そんなに慌てなくても逃げないわよ」

スノウを抱っこしながら苦笑する姿は、誰がどう見ても甘えん坊を可愛がる母親の姿だ。

「おはようレイナ」

「ええ、おはようアラタ。朝食は出来てるから温かい内に食べましょう」

いつも通り、朝の挨拶。

そして三人で一緒の食事。

この島に転生したときに考えていた孤独なサバイバル生活とは全く正反対の、とても温かい日常。

「旦那様ー！　遊びに来たぞー！」

「ルナもいるよー！」

朝食を食べた後、ソファで三人並んでのんびりしていると、外から子どもたちの声が聞こえてきた。

「ティルテュお姉ちゃんたちだぁ！」

スノウは嬉しそうに瞳を輝かせると、ソファからぴょん、と飛び降りて玄関へ走る。

本当に、この世のすべてが楽しいと言わんばかりの少女を見て、俺とレイナは思わず顔を見合わせて笑ってしまった。

元々この島は、日本のように四季があるわけではなく、年中穏やかな気候だ。

そのため以前は雪が降ることなどなかったのだが、どうやら氷の大精霊が生まれたことにより気候も変化したらしい。

今回もスノウの力なのか、気温は暖かいのに雪が降るという謎の現象が起きていた。

太陽が燦々《さんさん》と輝く日中に、冬のように白く輝く雪が降ってくる。

少し不思議だがファンタジーらしくもあり、気にするよりも楽しむ方がいいだろう。

前世の常識など、この島ではなんの意味もないのだから。

「わーい！」

雪の日は、スノウもいつも以上に元気になる。

そしてそんな彼女と、ティルテュやルナはよく遊んでくれていた。

「よし！　今日はみんなで大きな雪だるまを作るぞ！」

「「おおー！」」

お姉ちゃん、と呼ばれるのがよほど嬉しいのか、彼女たちもノリノリだ。

カティマはそんな三人を見守るポジションに立とうとしていたのだが、いつも子どもたちの遊びに巻き込まれて被害を被っていた。

今もなぜか、雪だるまの中に入れられて、手足だけを出した雪だるまマンをさせられている。

ゼロスやマーリンさんも子どもたちの様子を微笑ましげに見ているのだが、距離は遠い。

手加減が苦手など知ったことか、と全力で遊ぶ彼女たちに翻弄され続けて、警戒した様子だ。

とはいえ、どこかへ行くときは引率としてついて行ってくれるあたり、二人とも面倒見がいい。

そんな友人たちのおかげもあって、スノウの笑顔が絶える日はなく、俺たちも日々そんな彼女に癒されていた。

「おいアラタ、コーヒー寄越せ」

「はい、どうぞ」

意外だったのはヴィーさんだ。

スノウのことが気になるのか、以前よりも家に来る頻度が上がった。

今日もこうしてやってきて外に用意した椅子に座り、コーヒーを飲みながら子どもたちを見つめている。

「いつもスノウの相手をしてくれてありがとうございます」

この間も、あの子が喜ぶように氷で動物を作り、遊ばせてくれた。

いつもヴィーさんのことを警戒しているティルテュも、あの日は尊敬の眼差しで見ていたくらいだから、よほど楽しかったのだろう。

「……別に、スノウのことだけが気になっているわけじゃないぞ」

ちょっとツンデレみたいだな、と思っていると脛《すね》を蹴られた。

「痛いんですけど」

「ふん……貴様は痛みなど感じないだろうが」

「まあ、気持ちが痛いというか……」

つい反射的に言っちゃうんだよなこれ。

俺の考えなど知ったことかと言わんばかりに、再び脛を蹴られた。

呼ぶ代わりに蹴るのはさすがにやめてくれないかなぁ。

ヴィーさんが指を鳴らすと、スノウたちが遊んでいるところに小さな雪だるまが生まれる。

それらはまるで生きているかのように彼女たちの足下をクルクルと回り、遊び始めた。

「ヴィーさんって、意外と面倒見がいいですよね」

「なんだ突然……」

「いや、俺たちには悪戯してきますけど、ルナには結構甘えさせてるなって気がして」

俺の言葉に、ヴィーさんが少し意外そうな顔をする。

もしかして、無意識だったのかな……？

「……まあ、あいつは天真爛漫《らんまん》な姿がよく似合うからな。私のことをちゃん付けで呼ぶなど、長く生きたがあいつくらいなものだ」

ほんの少し、彼女の瞳が優しくなった。

しばらく俺たちが無言でルナたちを見ていると、不意にヴィーさんがぽつりと言葉を零す。

「……もう少し、か」

「もう少し？」

「いや、気にするな。時が来ればわかる」

いつもは暇つぶしで遊びにくる彼女だが、今回はなにか目的があったらしい。

雰囲気的に、ルナが関係しているようだけど……。

「じゃあな、また来る」

言うつもりはないのか、ヴィーさんはさっとコーヒーを飲み干して、そのままなにも言わず影の中に消えてしまった。

「なんだったんだろう？」

再び、ルナを見る。

ティルテュたちと雪だるまになったカティマで遊んでいるだけの、楽しそうないつもの日常だ。

「わーい！」

「こ、こらスノウ！　カティマ入りの雪だるまを空から落としてくるなー！」

「あはははは！」

世界樹の蜜を舐めて力の制御が出来るようになったスノウだが、それであの子の自由さが無くなるわけではなく、結局のところ自由すぎる行動にティルテュとカティマが振り回され、ルナはそれを見て笑う。

子どもが遊んでいる姿はとても微笑ましく、そんな様子を眺めているとレイナが家から出てきて隣に立った。

「まったく、また服が汚れちゃうわ」

「あはは、まあ子どもは風の子って言うからね」

不意に、最近よく感じるようになった強い力に気付いて空を見上げる。

そこには黒い小さな宇宙のような空間がゆらゆらと浮かんでいて、その奥にうっすらと人影が見えた。

「あれ、シェリル様だね」

「……あんなところから覗かなくても、こっちで見ればいいのに」

「あの人なりに思うところがあるのかもだし、そっとしておこう」

ちなみに、地面の中から同じように強い力を感じるので、おそらくジアース様が隠れている。

けど、気付かない振りをしておいた。

隠れている相手をわざわざ引っ張り出すのは野暮というものだろう。

「グエン様がいないってことは、今週の当番はあの人か」

アールヴの村を守る大精霊が必要なので、誰か一人は近くにいなければならない。

順番的に、多分来週はジアース様。

また嫌だとか我儘言って、シェリル様に折檻《せっかん》喰らうんだろうなと思う。

「なんだか大精霊様たちって、ただのお祖父《じい》ちゃんとお祖母《ばあ》ちゃんになってるわね」

「俺が出会った最初からそんな感じだったよ」

俺もだいぶこの島の雰囲気というか、常識に慣れてしまったのかもしれない。

「そういえば、この間、アラタが留守のときにギュエスが来てたわよ」

「え？　ギュエスが？」

「ええ。なんだかグラムが、兄貴はこっちに来たぞ、って自慢して我慢出来なかったみたい」

「ああ……」

若い鬼神族のリーダーであるギュエスと、若い古代龍族のリーダーであるグラム。

彼らの目的は、己の中に眠る始祖の名を知り、成人として認められること。

始祖を知るためには強い相手と戦う必要があり、古代龍族と鬼神族で喧嘩をすることで互いに成長を促そうとしていた。

そんな中、ティルテュはすでにバハムートという始祖の名を知っていたため、仲間外れにされていたのだ。

まあ、どんな理由があるにしても、寂しい思いをしているあの子を放っておけるはずもないので俺が仲介した結果――。

「あんなに懐かれるとは思わなかった」

二種族の目的は、強い相手と戦って成長を促すこと。

まあ実は、ギュエスとグラムの二人はすでに始祖の名を知っており、仲間たちと離れるのが嫌だったため黙っていただけなのだが……。

それは置いておいて、鬼神族と古代龍族の集団対俺、という明らかに人数差のおかしい戦いをすることに。

もちろんダメージを受けない俺に彼らが勝てるはずもなく、俺の圧勝で終わった。

元々、ティルテュが入れないのは一人だけ強すぎる力を持っていたから。

そこに俺という劇薬をぶちまけた結果、ティルテュは重要な戦力となり、俺を相手に仲間の古代龍族と大暴れしたりと、楽しく過ごしている。

「まああの子たち、強さ第一って感じだったものね」

「その割には、レイナも姉貴とか姉者とか呼ばれてるよね」

「あ、あれは……」

大暴れするとよほどお腹が空くのか、今では戦いのあとに全員でご飯を食べるのが習慣だ。

普段は仲の悪い鬼神族と古代龍族だが、そのときだけは一緒になってワイワイと楽しくやっているし、その輪の中にはちゃんとティルテュも交ざっていた。

実力至上主義の彼らにとって、レイナは本来尊敬する相手ではない。

しかし今では誰一人、彼女に逆らおうとはしないだろう。

きっかけは、ギュエスとグラムが喧嘩をしてご飯をひっくり返したこと。

――ご飯、無駄にしたら駄目よ。

その瞬間、レイナから放たれたプレッシャーはその場にいる全員を震撼させた。

孤児院出身のレイナは、昔は結構貧しい生活をしていて、さらに彼女の師匠にサバイバルをさせられて、本気で飢えたこともあるらしい。

だからこそ、食べ物のありがたみを誰よりも知っているし、それを駄目にする相手は許せないそうだ。

「正直あれは、俺も命の危険を感じるほど怖かった……」

「あれは仕方ないじゃない……食べ物を粗末にしたら駄目なんだから」

あの瞬間、古代龍族と鬼神族の面々全員がその場で正座をして、レイナに深々と頭を下げた。

戦ってはいけない相手がいると、深く心に刻まれたのだ。

それを見た俺は、この島の生態系のトップは料理中とご飯中のレイナだと改めて思った。

「毎回叩きのめして、強さで慕われてる俺以上にレイナの言うこと聞くからなぁ」

「そ、その話はもういいでしょ！　それより、いい加減約束通り鬼神族の里に行ってあげないと、あの子拗《す》ねるわよ」

あの子、と言うにはずいぶんと身体の大きいギュエスだが、レイナからはスノウたちみたいな子どもに見えるのだろうか？

まあ俺からしても、弟分みたいなものだから気持ちはわかるけど。

「たしかに、前に約束してから結構経ってるもんね……」

先日、世界樹の蜜をお代わりしたいというスノウのために、ティルテュと古代龍族の里に行ったのだが、そのときにグラムとも出会った。

そのことをギュエスに自慢したらしく、先に約束をしていた彼は我慢が出来なかったらしい。

あの二人はお互いに負けたくないライバル関係だから、仕方がない。

ただ俺を巡って、というのはなんかちょっと嫌だけど。

「次にギュエスが来たら鬼神族の里に行ってみようか」

「ええ。聞いた話だと、この島の織物とかは鬼神族が作っているらしいし、楽しみだわ」

「へぇ……」

この島の住人たちはそれぞれ交流が深いということはないが、それでも各々が得意とする物を作って、物々交換していることは多い。

たとえ仲が悪い種族同士でも、必要なことはちゃんと割り切っている。

アールヴと神獣族も仲は悪いが、それでも手に入る食材などは交換し合っているらしいし、古代龍族が持っている珍しい道具なんかも、交換の対象とのことだ。

とはいえ、誰でもというわけにはいかないから、そういう役割の人はいるそうだけど……。

「ルナたちが着ている服は、鬼神族が作っているそうよ」

「へぇ」

レイナが言うには、鬼神族は手先が器用なので、色々な服や道具を作って他種族の食材などと交換しているらしい。

ギュエスたちを見ていると、とても手先が器用には見えないが、どうやらそういうのは女性の鬼神族の役目だそうだ。

ふと、鬼と言えば和服だな、と思った。

「そういえばたしかに、ルナが着てるのって巫女服っぽいね」

「巫女？」

「あ、それは通じないのか。えーと、俺の世界の……神様に仕える人かな？」

「……聖女みたいなものかしら？」

「ああ、そんな感じかな。まあ伝統が違うから、服の形は全然違うけど」

思い出すのは、召喚されたときに出会った聖女のセレスさん。

巫女服とは違うけど、多分立ち位置とかのイメージは間違っていないと思う。

「鬼神族の服、か……」

なんだか昔の日本風な服装には正直興味がある。

和服や着物というのは、男にとってはロマンなのだ。

「兄者はいるかぁぁぁ!?」

そんなことを考えていたら、離れたところから大きな声が聞こえてきた。

俺を兄者と呼ぶのは、この島で一人だけ。

「噂をすれば、来たね」

「そうね」

赤みがかった身体に、武道家のような胴着を纏った強面《こわもて》の青年。

特徴的な鬼の角を見せながら、こちらにやってくる。

それに反応したのは、ティルテュたち子どもチーム。

「でかい的がやってきたぞ！　我に続けー！」

「「おおー」」

「な、なんだ貴様ら!?　なぜ我に雪玉を投げ、ちょ、おいやめ――ぬあぁぁぁぁ!?」

ドカドカとやってきたギュエスは、子どもたちによる雪玉の洗礼を受けて、そのまま倒されてしまった。

いかに鬼神族のリーダーといえど、古代龍族、神獣族、大精霊のトリプルアタックには勝てなかったらしい。

「倒れたぞ！　今だ！」

「「おおー！」」

「ぬ、お、お……ちょま……!?」

そして子どもというのは容赦がないもので、倒れたギュエスを雪玉で追撃し始める。

大きな身体がどんどん雪で覆われていく姿は、見ていてシュールだ。

とはいえ――。

「さすがにこれは、かわいそうよ」

「だね。ちょっと止めようか」

そうして、俺とレイナで子どもたちの攻撃を止めて、ギュエスを救出。

冷えたであろう身体を温めるために家に招き入れて、話を聞くのであった。

第一章　気持ちの伝え方

　ギュエスは百腕巨人ヘカトンケイルを祖とする、若い鬼神族のリーダー的存在だ。

　刈り上げた白い髪に髭《ひげ》、赤黒い肌と額から生えた一本の角。

　風貌は鬼と言うに相応しく、鍛えた筋肉は柔道の無差別級に出てくる人のように逞《たくま》しい。

　ソファに座った彼は、一人で子ども二人分の幅を取りながら、俺のことを睨んでいた。

「兄者！　いつになったら鬼神族の里に来てくれるのだ！　我らはいつでも迎え入れる準備が出来ているというのに！」

「あ、はは……」

「聞けば、すでに古代龍族のやつらには会いに行ったというではないか！」

「いやそれは、ちょっと別の用事があったからで……」

　迫力のある顔でぐいっと近づかれると、圧迫感が凄い。

　実際、グラムと出会ったのは偶然で、ティルテュの住処《すみか》に行っただけなんだよなぁ……。

　スノウの力を制御するために世界樹の蜜が必要だったから、という事情を説明すると、一旦落ち着いた様子でソファに座り直す。

「事情はわかった。だがしかし、我らとて兄者のことを待っているのだぞ……」

どうやらあまり納得はしてくれていない感じだ。

角が太ければ太いほど鬼神族として男らしいと以前聞いたが、ギュエスのそれは立派なものだ。

そんな彼がちょっと寂しそうな声を上げるのは、なんというか奇妙なギャップがあった。

――正直、忘れてたとは言えない……。

以前から約束をしていたし、悪いのは俺だ。

カティマたちアールヴの村に行くのが先約だったり、そのあとスノウを家族に迎え入れたりと、バタバタしていて頭から抜け落ちてしまっていたのだが、そんなの言い訳にならないだろう。

しかもギュエスたち鬼神族と、古代龍族は犬猿の仲。

ずっと待っていたのに、先に古代龍族の里に行ったことをグラムに自慢されては、我慢も限界ということらしい。

「妹も兄者に会ってみたいと、ずっと言ってるのだぞ」

「へぇ、ギュエスって妹いたんだね」

「うむ。我にあまり似ず、中々の器量の持ち主でな。それに兄贔屓と言われるかもしれんが、実によくできた妹だ。是非とも兄者に紹介させてもらいたい」

古代龍族と喧嘩をしているのは男だけで、俺もまだ鬼神族の女性を見たことがなかった。

男は外敵と戦い、女は家庭を守るという風潮があるらしいが、なんだか着物を含めて、昔の日本っぽい雰囲気を感じる。

「しかし、ギュエスの妹か……」

鬼神族の特徴は、赤黒い肌色、巌《いわお》のような肉体、そして額の角に胴着のような服。

だからその女性版ということで、彼の妹も結構身体がガッシリしている戦士のような人を想像してしまう。

――アマゾネスっぽい雰囲気かな？

なんてことを思い、さすがに会ったことのない相手にそれは失礼かと頭を振る。

神獣族や北の大精霊様、それにアールヴといった種族とは仲良くなれたが、他の種族に関してはまだまだだ。

そして俺の夢、この島に住む全種族で大宴会をする、という目標のために、会える相手には積極的に会いに行きたいところ。

「ずっと待たせてごめんね」

「おお！　ということは！」

「明後日くらいに、行かせてもらおうかな」

「了解だ！　では我は先に帰って里の者たちに伝えておこう！」

俺の言葉がよほど嬉しかったのか、ギュエスは慌てた様子で外に行こうとする。

そして扉を開けた瞬間――。

「旦那様ー！　むげ!?」

「ぐおっ!?」

小さな影がギュエスのお腹にタックルする形となり、吹っ飛ばされて部屋の中へと戻ってくる。

逆に一度は倒れそうになった黒い影――ティルテュはその場で踏ん張った。

「うぅ……」

とはいえ、ギュエスのお腹は硬くてちょっと痛かったらしく、額を押さえながら少し涙目だ。

しかしそれもすぐに俺に気付いて、笑顔になった。

「旦那さ――」

「ぱぱー！」

「ふごぉぉぉ!?」

俺に近づこうとしたティルテュは、背後からさらにタックルしてきた白い影――スノウによって押し倒される。

二人重なる様子はちょっとおかしかったが、完全に不意打ちを喰らったティルテュは痛そうだ。

◇

「お帰り二人とも。雪遊びは楽しかった？」

「うん！　ティルテュお姉ちゃんが雪だるまになった！」

「そっか」

俺が見たときはカティマが雪だるまだったが、どうやら対象は変わったらしい。

外を見ると、微妙に震えている雪だるまがいるので、あれがカティマだろう。

——本当に、スノウのためなら身体張るようになったなぁ。

まるで芸人みたいになってるカティマに合掌しつつスノウを見ると、ティルテュの背中にくっついて満面の笑み。

この子は本当にティルテュのことが大好きだから、隙あればこうして突撃して抱き着いている。

「むん！」

「わっ！」

スノウを背中に乗せたままテュルテュが起き上がり、そしておんぶの状態からスノウを下ろす。

「まったく、いきなり抱き着いて来られると驚くからやめろといつも言ってるだろう」

「えー」

「えー、じゃない」

「でもティルテュお姉ちゃんもよく、ぱぱに抱き着いてるよ？」

「むっ……」

一瞬、ティルテュが俺とスノウを交互に見る。

たしかにティルテュもルナも、不意打ちみたいに抱き着いて来るよなぁ。

「旦那様にはいいのだ。どんなに強く抱き着いても世界樹のごとく受け止めてくれるからな」

「……ティルテュお姉ちゃんは受け止めてくれないの？」

「我だって正面からなら受け止めてやれるが……後ろからだとビックリしちゃうだろ？」

「そっかー」

生まれたばかりとはいえ、大精霊であるスノウはこの島の魔物よりもずっと強い。

いくら力の強いティルテュであっても、この子のタックルは簡単には止められないほどだ。

世界樹の蜜を舐めてから、スノウの力はだいぶ安定しマシにはなったが、それでもまだ子どもも。

誰彼構わず触って凍えさせることはなくなったが、以前よりも力が強くなったこともあり、ティルテュでも不意打ちを受けたら押し倒されるようになっていた。

手加減なしの全力で甘えてくるスノウが可愛いので、誰も怒れないのだが……。

ちなみに全力タックルの対象はちゃんと受け止められる人を選んでいるらしく、その筆頭が俺のようだ。

「というわけで、旦那様にならオッケーだ！」

「うん！」

そうして二人はキラン、と瞳を輝かせ――。

「旦那様ー！」

「ぱぱー！」

「おっと……」

同時に来た二人の衝撃でいつもよりちょっと押されるが、なんとか耐えることが出来た。

しかしグラムたちの話ではティルテュはこれからまだまだ成長するらしいし、スノウも生まれたばかり。

いくら俺でも、いつかこの二人に吹っ飛ばされるのではないだろうか、などと考えていると、扉の外から瞳を輝かせているルナの姿。

「あー、みんなで楽しそうなことしてる！」

そして彼女は少し腰を低くし、一気に地面を蹴って――。

「おーにーいーちゃあああああん！」

「ぬわ!?」

「おー!?」

「うおっ!?」

まさかの三連続アタックに耐えられず、俺は完全に押し倒されてしまった。

――というか、今までのルナよりもずっとタックルが強かったんだけど……。

さすがに最近は、俺も自分が普通じゃないことくらいはちゃんと自覚している。

神獣族一の怪力であるガイアスでも俺を押し切れなかったのだから、三人がかりとはいえ、俺を倒すとはさすがだと思ってしまった。

「えへへ！　ルナの勝ちー！」

「ちょっと待てルナ！　そもそも我とスノウが先に抱き着いたからであってだな」

「みんなでぎゅー！」

俺の上に重なってワイワイと騒ぐ三人を見ていると、まあそんなことはどうでもいいかと思ってしまった。

「相変わらずモテモテねぇ」

「あはは……」

「ほら三人とも、立ちなさい」

レイナはあまり気にした様子もなく、一人ずつ抱えるとそのまま起き上がらせていく。

ルナもティルテュもスノウも大人しくされるがままで、慣れた様子で横並びになった。

なんだか昔見た子ども向けアニメみたいな動きで、完全に教育されている感じだ。

「さて……三人とも、手は洗った？」

「「「……」」」

揃って顔を背けて黙り込む。

どうやら黙秘権を行使するらしいが、すでにお母さんモードに入っているレイナからその程度で逃げられるはずがない。

「素直に言わないと、お菓子抜きよ」

「「「まだ！」」」

一瞬の迷いもなく、三人は同時に黙秘を解いた。

「素直でよろしい。それに朝から遊んで汚れてるわよね？　それじゃあこのあとやることは？」

「手洗い！」

「うがい！」

「お風呂！」

「お湯はもう準備したから、行ってきなさい」

「「「はーい」」」

てててー、と揃って出ていく姿は子どもらしくて微笑ましい。

もっとも、ティルテュに吹き飛ばされて蹲《うずくま》っているギュエスを見る限り、普通だったら大変なことになっていたはず。

頑丈な身体を貰っておいて良かったなぁ、と改めて思う。

「アラタも」

「ん？」

「雪で遊んでたあの子たちに抱き着かれて、結構汚れてるわよ。あの子たちが出てきたら、身体流してきなさい」

「はい」

これじゃあ三人を子ども扱い出来ないなと思いつつ、倒されてふらふらしているギュエスを起こすのであった。

◇

翌日。

「うーん、困った」

鬼神族の里に行くにあたって、数日家を空ける必要があることに気付いて、どうしようか悩む。

そうなると困るのがゼロスやマーリンさんたちだ。

俺がいるとき、魔物たちは家の周囲に近寄って来ないのだが、いないとわかるとちょっかいをかけて来る。

弱い魔物であれば二人でも倒せるのだが、ウサギみたいに強いのが現れるとかなり厳しい戦いを強いられるだろう。

アールヴの村へ行ったときはエルガが気にかけてくれて守ってくれたが……。

――悪いが、しばらくババアがいないから、里を離れられねぇんだ。

とのこと。

神獣族の長《おさ》であるスザクさんは、ときおり里から出ていなくなるときがある。

そういうときは大戦士であるエルガが代表として里を守る必要があるらしい。

男気に溢れ、なにかと助けてくれるエルガが困っているのなら手助けしたいのだが、彼は自分の役目だから必要ないの一点張り。

リビアさんも、夫を助けるのは妻である自分の役目、と言う。

ただ、里のことで色々とやらないといけない間ルナと遊んであげられないため、良ければ一緒に連れて行って欲しいとのことだ。

そういう事情もあり、家の周囲を守る人員がいない状況に困ってしまう。

「どうしよっか」

「そうねぇ……」

いっそのこと全員で出掛けるという手もあるが、そうなると今度は家が壊される可能性がある。

「それなら我《われ》が家を守っておいてやるぞ？」

悩んでいると、スノウの積み木遊びに付き合っていたティルテュがそう言ってくれる。

「いいの？」

「うむ！　どうせマーリンと色々計画を立てる予定だからな」

てっきり一緒に行きたいと言われるかなと思っていたのだが、どうやらティルテュはマーリンさんと遊ぶ約束をしていたらしい。

最近妙にゼロスとも仲が良く、もうボチドラなんて言われていた頃とは違う姿にちょっと感動してしまった。

「それじゃあ、お願いしようかな」

「任せておけ！　その代わり、帰ってきたら我としっかり遊ぶのだぞ！」

「うん、全力でお相手させてもらうよ」

ティルテュがそう言ってくれたおかげで、家の問題は解決したため、俺とレイナ、それにルナとスノウの四人で鬼神族の里へと向かうことになった。

◇

鬼神族の里は、俺たちが住んでいる森から東に進み、神獣族の里を越えた先にある。

里の場所はルナが知っているため案内を任せると、スノウと手を繋ぎながら先頭を歩きだした。

「まるまるまるいお月様ー。くーるぞくるぞ、かわいいキツネが遊びに来るぞー」

「くーるぞくるぞーウサギもくるぞー」

適当にそれっぽい歌を教えてあげると、二人はご機嫌にそれを歌っている。

「ふふ、可愛いわね」

「うん、やっぱり子どもって良いね」

見慣れた森の中だというのになぜかとても楽しい。

その歌に釣られるようにウサギなんかも現れるが、俺たちの姿を見た瞬間「やべぇ！」という顔をして逃げていった。

歌だとそのまま子どもたちと遊んで、ほのぼのとした雰囲気になるはずなのにおかしいな。

「完全に、アラタを見て逃げてたわね」

「……いや」

まさかウサギたちの中で俺の顔が共有されているわけではないだろうし、単純に力の差を見て逃げただけだろう。

そんな風にピクニックがてら歩いていると、見慣れた村の入り口が見えてきた。

「それじゃあ、一旦ここで休憩しよっか」

神獣族の里へと到着した俺たちは、大きな樹の下にシートを広げ、お昼休憩を取ることに。

このままエルガたちに挨拶に行っても良いのだが、ちょっと忙しそうだしまた今度にしよう。

「ねえお兄ちゃん。スノウと遊んできてもいい!?」

「いい!?」

キラキラと、瞳を輝かせながら問いかけるおチビたち。

しかしその返答は――。

「駄目よ」

「えぇー」

「まま、なんでぇ？」

「お昼ご飯が先。お弁当もちゃんと用意したんだから。ほらアラタ、水出してこの子たちの手を洗って」

「うん、ほら二人とも」

収納魔法に入れていた水袋を取り出して、二人の手を洗ってあげる。

お弁当、と聞いて遊ぶよりもご飯が優先だったのか、二人は特に不満な様子もなく手を洗い出した。

そうしてレイナが作ったお弁当を小さな口いっぱいに頬張りながら、いつも通り感動中。

「ここから北東に行った先が、鬼神族の里だね」

「ええ。しかしこうして見ると、この島って広いわね」

エルガから貰った地図を広げて見てみると、まだ行ったことのない地域も多い。

俺たちが住む森は島全体で見れば中央よりはやや西側で、それより北に行くとアールヴの村や大精霊の住処。

アールヴの村から北東にある岩山が古代龍族の住処。

さらに北に行くと小さな孤島が並ぶ場所があり、その一帯がヴィーさんの縄張りらしい。

「すごい今更だけど、俺が最初に立った場所がここだったんだ」

森に面した西海岸を指さし、少し感慨深くなる。

神獣族は他種族に比べると数が多いらしく、広い地域を押さえている。

押さえていると言っても、別に勢力争いがあるわけじゃないので、この島の住人たちは大して気にしていないそうだけど。

「まま、ここスノウの生まれたところ！」

「ふふ、そうね」

お弁当を食べ終わり、レイナの膝の上に座ったスノウが指さしたのは、自分が生まれた場所である闇の大精霊シェリル様の住処だ。

そういえば、と思う。

グエン様やジアース様にもそれぞれ自分の住処があるということは、スノウもいつか自分の住処を見つけるのだろうか？

——それはちょっと……寂しいな。

そんな子離れ出来ない父親みたいな考えをしてしまったが、そもそも大精霊様は俺たち人間と違って何千年も生きるのだから、いつかは離れるのだ。

永遠に生きられることはないし、別れはいずれ――。

「ぱぱ？」

「ん、なんでもないよ」

センチメンタルなことを考えてしまったが、そんなことはまだまだ先の話だ。

それに、それはこの子の成長の証《あかし》。

いつかは別れる時が来るとしても、そのときまでずっと一緒にいればいい。

「ここがルナたち神獣族の里だよー」

「おおー」

ルナが地図を指す。

今こうして一緒にいるルナたち神獣族も、ティルテュたち古代龍族も、カティマたちアールヴだって人間とは寿命が違うのだ。

そしてそれは、俺たち人間だってそう。

学校を卒業したら、会社を離れたら、そして死別したら。

別れはいつだってあるし、それを越えて進んでいくのは誰だって同じで……。

「あ……」

ふと、ヴィーさんやスザクさんの言葉を思い出した。

――退屈は不死を殺す、ということだよ。

――もちろん戦い続けたやつらもいた。だがそういうやつらは順番に消えていったな。寿命であったし、単純に負けて死んだやつもいる……なんにせよ、時間の流れと一緒に大人しくなったもんだ。ヴィルヘルミナのやつを除いてな。

この島の最強種たちの寿命はほぼ永遠。

それでも、いろんな理由で消えていく人たちはいる。

そんな中、最古の吸血鬼や不死鳥として古くからこの島に存在する彼女たちは、いったいどれほどの出会いと別れを繰り返してきたのだろうか？

「永遠に生きる、か」

「アラタ、本当に大丈夫？」

「……うん。大丈夫」

「そう……？」

俺がそう言うとレイナは少し首をかしげるだけだったが、彼女の膝にいるスノウがジーッとこちらを見てくる。

そしてピョン、と立ち上がると、俺の方へとやってきて胡坐《あぐら》の上に乗った。

「どうしたの？」

「パパの膝に座る！」

そうして小さな背中を俺にもたせかけて、ニコニコしながら見上げてくる。

今も未来もずっと楽しいだろうという純粋な瞳。

それはとても眩しく、そして希望に満ちたもので、こちらの漠然とした不安をすべて吹き飛ばしてくれるようだ。

「スノウの背中は、氷の大精霊なのに温かいね」

「えへへー」

そうして、彼女を膝に抱えたまま再び地図を見る。

東一帯の神獣族の縄張りからちょっと北東に進んだ先が鬼神族のエリアだ。

目指しているのはその中のギュエスたちが住む里で、ちょっと急げば数時間で着く場所。

ただし今回は道中ものんびり楽しもうと思っているので、ゆっくり歩いて途中でキャンプをしようという話になっている。

これも、レイナが収納魔法が使えて、俺が覚えられたから出来ること。

そう考えたら、最初にレイナに出会えたのは、本当に運が良かったなぁと改めて思う。

「今度はどうしたの？」

「いや……なんというかレイナに会えて良かったなぁって」

「っ――!?　な、なんでいきなりそうなるのよ……もう」

いきなりすぎたが、まあ本心だからいいだろう。

どんなに信頼を重ねた相手でも、言葉にしないと伝わらないことの方が多いんだし、なにより彼女にはしっかりと感謝を伝えたいのだ。

「ぱぱ、ままのこと好きー」

「あはは、そうだね」

多分スノウが言っているのは恋愛的なものではなく、人としての好意だろう。

それは間違いないが、もうずっと彼女に惹かれていることも自覚していた。

ふとレイナを見ると、顔を赤くして、髪をいじっている。

これは彼女が恥ずかしくなったときにする仕草だ。

「ぱぱ、スノウのことは好き？」

「もちろん。スノウだって俺やママのこと好きでしょ？」

「うん！　ルナお姉ちゃんも好き！　ティルテュお姉ちゃんも！」

「ルナもみんな好きだよー！」

「そっか」

今ナチュラルにカティマが抜けていたけど、前に友達って言ってたから多分好きだろう。

——アラタはいちいち、真っすぐすぎるのよ。

俺たちがニコニコと笑いながらそんな話をしていると、レイナが小さく呟いた。

耳が良いせいでそういう声が聞こえてしまうのだが、本人から告げられたこと以外は聞かなかったことにしている。

だってそうじゃないと、ずるいから。

ただ今は、こうした少しむず痒いような関係が一番いいと思ってしまって、つい後回しにしてしまっているだけ。

——いつか俺も、ちゃんと気持ちを伝えないとなぁ。

その日はきっとそう遠くないと思いながら、俺たちはみんなで笑い合うのであった。

第二章　鬼神族の里

獣人族と鬼神族のエリアの間くらいでキャンプを楽しんだ俺たちは、そのまま山を登っていく。

決して険しい道というわけではないし、このメンバーはみんな鍛えられているので、体力的には問題ない。

相変わらず元気なルナとスノウが先頭を歩き、太陽が頂上に来るころに鬼神族の里へと辿り着くことが出来た。

「ここが鬼神族の里だよー」

「おおー」

案内をしてくれたルナが自慢げに手をかざし、スノウが感動したように瞳をキラキラとさせて声を上げる。

この子は初めて見る物に対してはだいたいこんな感じになるが、正直今回は俺もかなり感動してしまった。

「これは……」

入り口には目立つ巨大な鳥居があり、その先には巨大な穴。

下を覗き込めば、少し緑色に濁った『巨大な温泉』が湯煙を揺らしている。

「……こんな大きな温泉、初めて見たわ」

「うん。凄い迫力だね」

温泉は中に入れるわけではなく、山から流れてくる源泉を受け止める場所のようだ。

ある程度溜まると、木製の桶を通って、どこかへと流れていく仕組みらしい。

「……草津温泉みたいだな」

「草津温泉？」

「ああいや、俺が住んでた国にあった場所と似てるなって」

「へぇ……アラタの故郷に……」

ぽろっと零した呟きをレイナに拾われて、説明すると神妙な顔で呟く。

少し離れたところには長い階段があり、それに沿うように和風の家が並んでいた。

あちこちに温泉の湯気らしきものが漂っていて、まさに『歴史ある温泉街』のような光景。

大量の源泉と温泉街を思わせる鬼神族の里は、どこか俺の心を懐かしい気持ちにさせてくれる。

「鬼神族の里の温泉には、島の中でも特に色んな種族が集まって来るんだよー」

「へぇ」

言われてみるとたしかに、歩いているのは鬼神族だけではないようだ。

というか、神獣族の里で見た顔も普通に歩いている。

「種族同士で喧嘩とかってしないの？」

「え、なに言ってるのお兄ちゃん？　だってここ温泉あるし、喧嘩なんかするわけないよ？」

「そっか」

神獣族とアールヴはあんまり仲良くないとか、鬼神族と古代龍族は喧嘩をしているとか、種族ごとにそれぞれ事情があると思っていたのだが……。

どうやらこの温泉の前ではそんな事情は些細なものらしい。

正直、その気持ちは凄くよくわかった。

こんな立派な温泉を前にして、喧嘩なんてしてる暇ないよね。

「なんだかみんな、リビアさんたちの服装と似てるわね」

鬼神族や神獣族だけでなく、古代龍族やエルフっぽい人たちも着物を着ている。

普段見ている姿とは違う格好をしていて、だがそれが自然な形として映っているから、初めて見るレイナには少し違和感があったのだろう。

俺としては温泉街だしそんなもんだと思うが、大陸には着物や浴衣はなかったらしく、彼女の知的好奇心を刺激したらしい。

「ああ、温泉に浴衣は定番だもんね」

「そうなの？　どういう理由があるのかしら？」

レイナが少し不思議そうな顔をするが、説明できるほど知識を持っているわけではないのでちょっと困ってしまう。

たしかに、温泉街で浴衣を着る理由……文化としか言いようがないなぁ。

「……レイナに着物か」

ちょっと想像してみると、とても似合うような気がした。

というか、正直かなり見てみたい。

「おお！　来てくれたのか兄者！」

「っ――!?」

別に邪《よこしま》な妄想をしていたわけではないのだが、急に声をかけられて驚いてしまった。

声の方を見れば、ギュエスがいつも通り胴着姿でこちらに近づいて来る。

隣には柔らかな銀髪を花の髪飾りで後ろに纏め、束感のあるおくれ毛を前に垂らした小柄な少女。

白をベースに黒のラインと赤の花模様が入った着物を着た少女は、ギュエスが以前言っていた妹なのだろう。

年齢は、レイナより少し若いくらい。

隣を歩くギュエスと違い、肌は太陽を浴びたことがないのではないかと思うほどに白く、鬼神族はみな赤黒い肌をしているのだと思っていた俺の固定観念を吹き飛ばした。

それでいて紅い瞳と額から生えた角は、鬼神族の証《あかし》にも思え、思わずじっと見つめてしまう。

幼さの残る今でさえ目を引く容姿をしているのだから、あと数年もしたら絶世と呼ばれる美女になるだろう。

「ふっふっふ……」

そんな俺の態度が気に入ったのか、ギュエスが巌のような表情を緩め、少し嬉しそうに笑う。

「紹介しよう！　こやつが妹のサクヤだ！」

「初めましてアラタ様。サクヤと申します」

「あ、はい。初めまして」

凛とした綺麗な音が辺りに響き、それが彼女の腰に付けられた鈴の音だと気付く。

改めてサクヤさんを見てみると、顔を上げた彼女は紅い目を細めて上品に微笑んでいた。

この島に来てから出会った女性は、その身に宿る強さがなんとなく伝わってきたものだが……。

この子からはそんな強さは感じられず、むしろ儚《はかな》さすら感じるくらいだ。

――もしかして、身体が弱い？

サクヤさんはゆっくり顔を上げると、レイナの方を向く。

「レイナ様、初めまして」

「ええ、初めましてサクヤさん。でも様はいらないですよ」

「では……レイナさん、と。ああ、私に敬語は不要ですから――」

「こんにちは！　スノウはスノウ！」

「スノウさんですね。こんにちは」

サクヤさんの言葉を遮り、元気いっぱいに挨拶するスノウにも嫌な顔をせず、それどころかわざわざ膝を折って視線を合わせてから挨拶をしてくれた。

「サクヤちゃん、やっほー！」

「はい、ルナさん。やほー、です」

元々知り合いなのか、二人は気さくな様子で挨拶を交わす。

なんというか、彼女の所作はどんな時も綺麗で、少し浮世離れした風にも感じる。

一人一人、丁寧すぎると言われてもおかしくないほどなのだが、それが嫌味にならず自然に思える。

これが、人徳ってやつかなぁ……。

「どうだ兄者！　サクヤは良い娘だろう!?」

「ああうん。なんというか、今まで俺の周りにはいないタイプの女の子だね」

あえて言うならリビアさんに近いが、しかしエルガに対する彼女の態度などを思うとまた方向性が違う気がした。

守ってあげなければ枯れてしまう花、という表現が似合う少女だと思う。

「それではこれより、サクヤにこの鬼神族の里を案内させようと思う！」

「あれ、ギュエスは？」

「今から古代龍族との喧嘩があるからな。我が行かないわけにはいくまい！　ではまた後程！」

だいぶ気合いが入った様子なのは、俺が里に来たことをグラムに伝えるためだろうか。

ギュエスはドスドスと音を立てながら里から出て行ってしまう。

「えぇ……」

鬼神族の若い子たちにとって、古代龍族と喧嘩をするのは大切な儀式のようなもの。

だからといって、来てくれと言った彼がすぐにいなくなるのはどうなのだろう？

そんな俺の内心に気付いたのか、サクヤさんがいきなり頭を下げた。

「あの、兄が失礼をしまして、申し訳ありません」

「ああいや、サクヤさんが謝るようなことじゃないですよ」

悪いのはギュエスである。

「今度みんなで修行をするときは、お仕置きしないとな」

「お仕置きですか？　ふふ、そうですね。あんな兄にはお仕置きが必要だと思います」

そんなことをサクヤさんに伝えると、少しおかしそうに笑った。

上品に笑う姿は不思議な魅力があって、俺はどうにも少し落ち着かない気分になる。

――俺の周りの女の子、みんな強いもんなぁ。

そんなことを思っていることがバレたら怒られてしまうので、絶対に口に出来ないのだが……。

「それでは行きましょうか」

温泉の匂い溢れる鬼神族の里。

故郷を思い出しそうになりながら、俺はサクヤさんについて行く。

「……あれ？」

「どうされましたか？」

「いや……」

しばらく歩いていると、他の種族たちとすれ違うことが多い気がした。

「みなさん、温泉に浸かりに来ているのですよ」

「へぇ……」

日本の温泉も、外国の人がよく来ていたし、やっぱり温泉は万国共通のものなのかもしれない。

「ぱぱー」

「ん？　どうしたの？」

「肩車してー」

両手を上げてこちらにおねだりしてくるので、スノウの両脇を抱えて持ち上げる。

そのまま肩の上に乗せると、慣れた様子で俺の頭に手を置いた。

「もうその体勢も見慣れちゃったわね」

「ままより高い！」

「ええ、そうね」

俺の頭の上でスノウが自慢げだ。

いったいなにを自慢することがあるのかわからないが、二人とも楽しそうなのでいいか。

ただスノウちゃん、頭をパンパンと叩くのはやめようね。

「変なにおいー！」

スノウの言うとおり、徐々に温泉らしい匂いが強くなってきた。

嫌なわけではなく、知らない匂いにテンションが上がっているだけらしい。

「楽しい？」

「うん！」

興奮すると髪の毛を引っ張って来るのだが、よく考えたら俺ってハゲとか大丈夫なのだろうか。

まあティルテュの炎でも顔が燃えなかったから、大丈夫か。

大丈夫、だよな……？

「これって源泉の匂いですか？」

「ええ」

俺がそう尋ねると、サクヤさんは微笑みながら山を指さす。

「鬼神族の里にはいくつか山があるのですが、過去に火山が噴火したときにいくつか地盤が割れて、そこから溢れてきているのです」

「へぇ……」

「普通のお湯より肌が綺麗になったり、体調が良くなったりするんですよ？」

「肌が綺麗に……」

説明を聞いたレイナが、サクヤさんを見ながら興味深そうに呟く。

たしかにサクヤさんの肌はとても綺麗だ。

レイナも寝る前に保湿みたいなことをしてはいるが、それよりもしっとりしているような気がする。

「どんな効果があるか教えてもらってもいいかしら」

「ええ、もちろんです」

やはり異世界でも女性にとって美容というのは重要なものなのだろう。

レイナの質問に、サクヤさんはすらすらと答えていく。

いつの間にかレイナは敬語をやめていて、サクヤさんもそれを受け入れているので、端《はた》から見ると仲の良い友人同士だ。

なんというか、華やかな女性二人が話す姿は目の保養になるなぁ。

「お兄ちゃん！　あそこでみんなお団子食べてるよ！」

「おだんご！」

そしてこちらは美容より団子らしい。

見れば、鬼神族らしいお婆さんと、それに集まる子どもたちが美味しそうに団子を食べている。

俺の腕を摑《つか》んで引っ張るルナと、髪の毛を引っ張って操縦しようとするスノウ。

こうなったら抵抗は無意味なので、俺は流されるがままに彼女たちと団子を作っているお婆さんに挨拶をするのであった。

◇

みんなで団子を食べたあとも鬼神族の里の案内は続く。

山の中に里を作った形なので、坂が多い印象だ。

上の温泉からの帰りなのか、下ってくる神獣族とすれ違いながら会釈をする。

「本当に色んな種族の人たちがいますね」

「皆さん、温泉を楽しみに来てくださいますから」

「温泉かぁ……」

入口で草津温泉を思い出したが、改めて歩いてみると温泉街という雰囲気が良く似合う。

近くを歩いているエルフたちも、神獣族も、みんな当たり前に浴衣で、ここがファンタジーの世界だということを忘れてしまいそうだ。

ふと、着物を着ている人を見つけた。

鬼神族の女性だったので、この里の人たちは着物で歩いているらしい。

「着物が気になりますか？」

「そうだね。俺の故郷にも同じような服があったから」

「まあ、そうなのですか」

「そうは言っても、昔の人の服ってイメージで俺は着たことないいんだけどね」

着物に関しては色々と作法があると聞いたことがあるが、最近だと結構カジュアルにも着られるらしい。

特に若い子たちは映《ば》えを気にして、今風の着方でイベントに行く子も多いと聞いた。

じゃあ俺が日常で着られるかと言われると、あまりにも目立ちすぎるし無理なわけだが――。

「私の住んでるところだと見たことない形の服だから、気になるわね」

「レイナは凄く似合うだろうなぁ……」

「……そ、そう？」

つい本音がポロッと出てしまい、しかもそれをレイナに聞かれてしまった。

そのせいで彼女はちょっと照れた様子を見せる。

「それなら、ちょっと着てみたいかも……」

「まあ！　皆さん、着物に興味があるということでよろしいですよね？　ではでは、是非着てみてください！」

「……サ、サクヤさん？」

お淑《しと》やかな笑みを浮かべているのに、妙なプレッシャーを感じる。

こう、絶対逃げられない強敵を前にしたような、そんな気配……。

瞳をキラキラと輝かせたサクヤさんは、有無を言わさぬ勢いで一軒の屋敷へと入っていく。

案内係の彼女が行くのだから、俺たちも当然入るしかない。

というか、今のサクヤさんに対して拒否出来そうな雰囲気がまるでなかった。

「さあ、いらっしゃいませ」

俺たちが屋敷に入ると、そこには色とりどりの着物がずらりと並んでいた。

着物を売っている店は見たことあるが、それも外からガラス越しでだけ。

こうして実際に着物に囲まれると、圧巻の光景である。

「うっわぁ」

「凄いわね、これ……」

「きれー！」

花柄、龍柄、獣柄。

様々な柄の入った着物は、それぞれがまるで最高品質の生地と最高の職人によって作られたのではないかと思わせるほどの凄みがあった。

というか、実際になにか不思議な力を感じてしまう。

「ふふ、実は皆さんが来られると聞いて、張り切って準備してしまいました」

「準備って……」

その言葉はまるで、この着物を作ったのは自分だと言っているようなんだけど……？

「サクヤお姉ちゃんはね、鬼神族で一番着物を作るのが上手なんだよ！」

「え、じゃあこれ本当に全部サクヤさんが……？」

ルナから教えられた事実に、驚いてしまう。

だってこれ、かなりの量だぞ……？

「す、凄いですね」

「いえいえ、これくらいは普通ですよ」

聞けば、鬼神族の女性はこうして服などを作って、他の種族の人たちにも渡しているらしい。

しかしこれが普通だというのはさすがに、謙遜だろう。

だって本当に凄いし。

「それにルナさん。皆さんそれぞれ作り手に特徴があるだけで、誰が一番などありませんよ」

「でもルナはサクヤちゃんの服が一番好きだよー」

「ふふふ、ありがとうございます」

二人は仲の良い姉妹のようで、見ていて微笑ましい。

それにしても、見れば見るほど立派な着物だ。

これらをサクヤさんが作ったのだとすれば、鬼神族で一番凄いと聞いて納得しかない。

ルナもサクヤさんの着物が一番好きらしく、愛用しているそうだ。

実際、彼女の手がける着物は色鮮やかな染めや細部まで拘《こだわ》りぬいた絵柄が色んな種族に好評だという。

「それでは準備をしてきますので、少々お待ちください」

屋敷の奥、畳が敷かれた部屋へと案内したサクヤさんは、襖《ふすま》を閉めて少し離れていく。

まるで温泉旅館に来たような至れり尽くせりの対応。

「あー……」

昔の日本みたいな雰囲気に懐かしさを感じるのか、次第にまったりとした空気が流れ始めた。

すでにルナは畳に寝転がり、その横ではスノウが真似をして転がっている。

俺はというと、案内された部屋ということもあり、畳に寝転がりたい欲求を抑えていた。

「なんというか、ちょっと意外だったかも」

「え？　なにが？」

俺の言葉にレイナが反応する。

「いや、この島に来たときにさ。エルガが鬼神族の若い人たちは気性が荒いから、気を付けた方がいいって言ってたよね……」

いざこうして里にやってきたら、そんなことはなかったな、というのが俺の感想だ。

服を作って他種族に渡したりするらしいし、こうして温泉街では色んな種族の人たちとの交流があるらしい。

「結構理知的な人たちって言ってたわよ？」

「あれ？　そうだっけ？」

「ええ。古代龍族の若い子たちは血気盛んだから、巻き込まれたら危ないみたいなことは言ってたけど」

「そっか」

どうやら俺はちょっと勘違いしていたようだ。

たしかに、この里に来てから多くの種族を見かけたが、それに対して鬼神族の人たちがなにかをしている様子もない。

むしろかなり親切で、穏やかな種族だと認識を改めた。

「やっぱり、実際に会ってみないと駄目だね」

思い込みで誰かの印象を決めるようなことはしちゃ駄目だな、と己を戒めるように言い聞かせる。

ギュエスだって身体が大きくて圧も強いが、古代龍族との喧嘩以外で誰かを傷つけるようなことはしない男だ。

「それにしても、準備ってなにかしらね」

「うん……それは気になる」

着物に興味がある、と言った瞬間のサクヤさんの圧。

あれは完全に、趣味が同じ仲間を見つけたときのテンションで――。

「みなさん。準備が整いましたので、どうぞこちらへ」

お淑やかな言葉と声の中に間違いなくある、ウキウキとした気持ち。

それが伝わってきて、俺たちは彼女についていけるだろうかとやや不安に思う。

「こちらの部屋になります」

先ほどに比べるとやや小さな部屋だ。

大人サイズと子どもサイズの着物が何着か用意されている。

「これって……？」

「せっかくなので、皆様に合いそうな着物をいくつか見繕わせて頂きました」

着物のことはよくわからないが、どれも色や文様が綺麗で、もし日本で売っていたとしたらすごい値段なんじゃないか、って思ってしまう。

そんなものを簡単に着させて貰っていいのだろうか？

「わーい！」

「きれー。これ着ていいのー？」

「ええ、もちろんです」

しかしそんな俺の思いなど、子どもたちには一切関係ない。

中に入っていくと、一緒になってどれにするー？　と楽しそうに笑い合いながら選び始めた。

そんな二人を微笑ましそうに見て寄り添いながら、サポートしているサクヤさん。

一つ一つ丁寧に、こだわった部分などを説明している。

この子たちには退屈なんじゃないかなって思ったのだが、サクヤさんの雰囲気のおかげか大人しく聞いていた。

多分意味はわからないだろうけど、なんだか凄い、ということは伝わっているのだろう。

そんな中、大人組の俺とレイナはまだ部屋の入口で立ったままだ。

「本当にいいのかしら？」

「まあ、いいんじゃないかな？　サクヤさんも楽しそうだし」

「そう、ね」

恐る恐る、俺たちも部屋に入って着物をいくつか見てみる。

一体どんな生地を使っているのか、触れると粉雪のように優しい感触。

絶対高いやつだな……などと思いながら見ていると、子どもたちは先に選んだらしい。

「はい、それでは決まった方からあちらの部屋に行きましょうね」

奥に続く部屋に大きい鏡が置かれていて、若い鬼神族の女性が待機していた。

「ぱぱ、行ってくるねー」

「うん、お姉さんたちに迷惑かけちゃ駄目だよ」

「かけないよー」

スノウは自分の選んだ着物を嬉しそうに抱きしめながら、中に入っていく。

俺はどうしようかと思っていたら、青っぽい着物が目に入る。

なんとなく、これがいいなと思い手に取ると、思っていたよりもずっしりときて、それだけ着物がしっかりしている証拠だろうと思った。

「そちらが気に入りましたか？」

「あ、サクヤさん。そうですね、なんとなくですけど」

「こういうのは感覚でいいのですよ。それでは、男性はあちらへ」

スノウたちが入った部屋とは違う扉に案内される。

着替えるのだから男女別は当たり前だな、と思って扉を開けると――

「「らっしゃい！」」

鬼神族の男性二人が、なぜか腰巻一枚だけの恰好で筋肉を見せつけるようなポージングをして待ち構えていた。

「……」

とりあえず扉を閉めて、背を向ける。

「サクヤさん、部屋を間違えて――」

「おいおい青年！　なぜ扉を閉めるのかな⁉」

「さあお着替えの時間だぞ！」

「うわぁぁぁぁ――!?」

俺が背を向けた瞬間、背後の扉が開き、そこから伸びてきた手に身体を掴まれる。

そして何かを言うより早く、部屋の中へと無理やり連れていかれてしまった。

「っ――!?」

思わず尻もちをついて見上げると、二人が怪しい目でこちらを見ている。

「我はアオと呼んでくれ」

「我はアカと呼んでくれ」

「あ、アラタです……」

それぞれ青色と赤色の身体をしている以外見た目はそっくりだ。

ギュエスに比べると細身だが、どちらも筋肉を絞っただけで、無駄のない身体とはこういうものだと体現している感じ。

なんとなく、昔読んだ童話の赤鬼、青鬼が頭によぎる。

「ふっふっふ……」

「それでは始めようではないか」

「「さあ」」

二人はニヤニヤしながら、俺の身体に手を伸ばしてくるので、ついその手を弾いてしまった。

「あ……」

「なぜ弾く」

「我らは立ち上がるのを手伝ってやろうとしただけなのに」

「いや……なんというか、その……本当にすみません」

理由はない。あえて言うなら本能的に身の危険を感じたから。

とりあえず自分で立ち上がると、二人はちょっとすねたような顔をしていた。

「アラタ殿は、一人で着付けなど出来ないだろう？」

「だから我らが手伝ってやろうとしているではないか」

そうやって二人がまた手を伸ばしてくるので、弾いてしまう。

「……」

「……」

「……なぜ弾く」

「ごめんなさい」

本能的な恐怖で、つい……とは言えないので、とりあえず素直に謝る。

二人に他意がないのはわかるのだが、反射的になのだ。

「えっと、とりあえず服を脱げばいいですか？」

「ああ。我らが脱がしてやろう」

「大丈夫です」

ここだけは断固たる意思を見せて拒否して、俺は自分で上着を脱ぐ。

そしてズボンも脱ぎ、下着一枚になると、二人の視線が真剣なものになった。

「ほほう……」

「な、なんですか？」

二人が一歩前に出てくるので、俺は一歩後ずさる。

何かを狙われている、そんな気配がしたのだ。

「いやいや、なるほど。我らに勝るとも劣らない見事な身体だな」

「ああ、無駄のない筋肉、素晴らしい……」

「少し抱き着いてみてもいいか？」

「よくありません」

「むう、そうか……」

とりあえず敵意はないらしい。

いやそれは最初からわかっていたことなんだけど、やっぱり敵意よりも嫌な気配を感じたのだ。

「まあ若とお嬢の友人だからな。あまり我らが干渉しすぎるのもよくないだろう。なあアオよ」

「だがアカよ、鑑賞するのはいいのではないか？」

「なるほど」

「なるほどじゃありません」

なにちょっと上手いこと言ったみたいな顔をしてるんだ。

「冗談だ冗談」

「うむ、貴様は若たちの友人だからな」

朗らかに笑っているつもりだろうけど、目はめちゃくちゃ俺の身体見てるんだよなぁ……。

郷に入れば郷に従え、という言葉もある。

着物のちゃんとした着方なんて俺も知らないし、ここは任せるしかないのだ。

「えっと、それじゃあよろしくお願いします」

「うむ、任せよ。まずは足袋《たび》を履くがよい」

「それが終わったら肌襦袢《じゅばん》だ」

「そして長襦袢だな」

アカさんとアオさんが、一つ一つ手に取って、名称を教えてくれながら渡してくれる。

肌襦袢というのは今まで見たことなかったけど、着物用の肌着みたいなものらしい。

そして長襦袢を手に取り、さっと着る。

「おっと、そんなにゆったり着てはいけないな」

「え？」

「長襦袢を制する者は着物を制す」

「そう、これは鬼神族に伝わる言葉だ。ここで手を抜いてはいけない」

二人そろって俺に近づき、そして長襦袢を上から下まで丁寧に整えてくれる。

それはいいんだけど、視線と圧がすごい。

あとその言葉、本当に鬼神族に伝わっている言葉なのか結構疑わしいんだけど……？

「ふむ、まあこんなものか」

「うむ。身体がいいから綺麗に着こなせているぞ」

とはいえ、二人の動きはテキパキとしたもので、先ほどまでゆるく着ていたそれが、ぴしっと体に合うようになっていた。

「あ、ありがとうございます」

ただ着替えただけなのに、なぜかどっと疲れた。

「さあ、そして本番！」

「そう、今から着るのがこれだ！」

そうして俺が選んだ青っぽい着物を取り出した二人が、再び俺に接近する。

ワキワキと動かす手が怪しくて反射的に払いそうになるが、それを自制して受け入れた。

「こう、裾《すそ》をぴしっと……」

「襟も整えて……」

「腰をいったん仮留めして……ふむ、やはりいい身体だ」

「全体の皺を伸ばして帯をぎゅっと……このライン素晴らしい」

言葉にしながら整えてくれるのだが、出来れば黙ってやってくれないかな？　定期的に聞こえてくる俺の身体についての評価が怖いんだよ本当に。

「さあ、これが最後だ！」

「この羽織を！」

まるで伝説の武器でも渡すかのようなテンションで渡してくれた羽織を受け取る。

そして鏡の前に立つと、まるで時代劇とかで見たような立派な着物姿の自分がそこにいた。

「おお……」

「うむうむ、実にいいぞ！」

「素材がいい！　ここまで着こなせる者はそうおらん！」

さっきから思ってたけど、この二人すごく褒め上手だ。

お世辞だとはわかっているが、事細かく褒めてくれるものだから、なんだか自分が凄くなったように錯覚してしまう。

「はっはっは！　これならどんな女子《おなご》もイチコロだな！」

「うむうむ！　しかしアラタ殿、お嬢に手を出したら我らも黙ってはおらぬからな！」

そんな冗談を言いながら、顔は結構マジだった。

どうやらお嬢ことサクヤさんは二人に慕われているらしい。

「着付けが終わったら、先ほど休んでいた部屋で待ってて欲しいとお嬢から言われている」

「男より、女子の方がいろいろと手間があって時間がかかるのだ！」

まあそうだろう。

それに向こうは三人だし、いろいろとやることも多そうだ。

「わかりました。二人とも、ありがとうございます」

「なに、こちらも役得だった！」

「うむ！　いい身体を堪能させてもらったからな！」

ちょっと仲良くなれたからか、最初よりは恐怖も薄れた。

最初よりも、だけど……。

俺が先ほどの部屋で待っていると、襖の外から子どもたちのはしゃぐ声が聞こえてくる。

しかし、そろそろかな？　と思ったら急に静かになった。

「どうしたんだろ？」

疑問に思っていると、襖を開けて、サクヤさんが現れる。

「アラタさん、お待たせしました」

「あ、はい……」

てっきりスノウとルナの連続抱き着きが来ると思って身構えていた俺だが、しばらく待ってもどっちも来ない。

一瞬だけ力が抜けると、それがわかったのかサクヤさんが少しおかしそうに笑っていた。

「着付けをしているときに走り回ったら、せっかくの着物が崩れてしまいますから」

「それであの子たちがちゃんと大人しくなるなんて……」

「素直な子たちですよ」

たしかに素直ではあるけど、それ以上に本能的に動き回るのが子どもだと思うんだけど……。

それを大人しくさせるなんて、この人すごいな。

「……やはり綺麗な身体をされてますね。着物も大変よくお似合いです」

「ありがとうございます。アカさんとアオさんに、やってもらえたからですよ」

「ふふ、二人はこの鬼神族の中でも特に着付けが上手なんです」

意外かもしれませんが、と少し茶目っ気を出しながら言う姿も妙にお淑やかだった。

自分が着てみて改めてサクヤさんを見ると、綺麗な着方をしていることに気が付く。

白い着物には着崩れが一切なく、ぴしっとしているというか、隙みたいなものが一切ない。

銀色の髪もよく見れば、パーマっぽいポニーテールを巻いてから赤い花の櫛《くし》で留めていて、かなり複雑な感じだ。

髪型の知識がないからうまく言い表せないが、めちゃくちゃ大変なんじゃないかなって思う。

それでいて、まったく崩れた様子はなく、着物姿にはとてもよく似合っていた。

彼女に比べて、俺が自分一人で着たときは、だるっとしていた。

アオさんとアカさんに着せてもらわないと多分また同じことになるだろうなと思う。

「ふふふ、皆さんとてもお似合いですよ」

「もう入っていいー？」

「ええ。どうぞ」

「やった！　行こスノウ」

「うん！」

襖の外からルナとスノウの声が聞こえてきて、手を繋いだ状態で入ってきた。

「じゃーん！」

「ぱぱ！　見て見て！」

二人は両手を広げて、柄を見せてくる。

ルナは普段の白とオレンジを中心とした巫女服ではなく、黒をベースとした赤く細い花が咲いたような柄と小さめ狐の柄が何匹かいるような着物。

スノウは白をベースにした、淡い水色の雪の結晶が鏤《ちりば》められた着物だ。

ルナの髪はいつも通りだが、スノウは着物に合わせて後頭部でまとめ、雪だるまの簪《かんざし》で留めていた。

嬉しそうに背中を見せたり、自分の着物のポイントを説明したりと、相当着物が気に入ったらしい。

「うん、二人ともかわいいね」

「わーい！」

「サクヤちゃんがやってくれたんだ！」

俺が褒めると二人はより一層華やかに笑い、それがさらに魅力を増していく。

そんな自慢をする二人の姿を見て、サクヤさんも柔らかい表情をしていた。

「あら？」

ふと、サクヤさんが襖の外を見る。

そういえば、レイナは？　と思っていると、サクヤさんがそっと襖の外へ出て行った。

「でもねでもね、ままもとっても綺麗なんだよ」

「ねー！　レイナお姉ちゃん、すっごくかわいいの！」

「へぇ」

淡白な返事をしてしまったが、それも仕方がないだろう。

だって正直、着物を着るって聞いた時点でずっと期待していたのだから、それを表に出さないようにするので精一杯なのだ。

「ほらレイナさん、恥ずかしがらずに」

「あの、その……本当に変じゃない？」

「大丈夫ですよ。とてもお似合いですから」

不意にレイナの声が聞こえてきて、若干緊張してしまう。

そうしてサクヤに背中を押されるようにして、レイナが姿を現した。

白や金色などの花が鏤められた紅い着物に黒い帯。

長い髪をサイドにまとめて、それを肩から前に垂らしているのだが、少し巻いているのか柔らかいウェーブを描いていていつもと雰囲気が異なっていた。

垂らした髪の反対側には、花の髪飾り。

柔らかく伸びた袖やちらりと見える首周りなども色気があり、彼女の生まれ持った瞳と合わさって、存在そのものが一つの芸術のように思える。

「……」

「……アラタ？」

少し上目づかいで見つめる彼女は、普段の凜とした雰囲気と違い少し不安と恥ずかしさが混ざり合ったような表情をしていた。

「かわいい」

「へぁっ!?」

「あ、いや……今のは……つい」

正直に言うと、見惚れていた。

見惚れて、そのまま本音がポロっと出てしまった感じだ。

「っ……その、ありがとう……」

「うん……」

中学生か！　と自分で思うが、それくらい今のレイナは綺麗でかわいい。

ついジーッと見てしまうが、彼女は少し照れた顔のまま、それでもしっかりこちらを見てくれる。

「あの、そんなに見られると恥ずかしいんだけど……」

「あ、ごめん」

「ふふふ。お二人ともとってもお似合いですよ」

「「っ――!?」」

サクヤさんの言葉が、着物が似合っていると言っていることはすぐにわかった。

ただその言葉が、自分たち二人がお似合いだと言っているような気がして、恥ずかしさがさらに増してしまう。

「やっぱりお兄ちゃん、レイナお姉ちゃんばっかり見てる！」

「スノウもー！」

その言葉でようやく冷静になれた俺は、改めてレイナたちを見る。

「うん、みんなかわいいし綺麗だね」

「わーい！」

「やったー！」

俺の言葉にスノウたちは無邪気に笑う。

レイナもまた、落ち着いた笑みを浮かべていた。

「それではせっかくなので、この格好のまま鬼神族の里を再び歩きましょう」

ぱん、と小さく手を叩いたサクヤさんの言葉に、子どもたちは両手を上げて喜ぶ。

もちろん俺も異論はないし、レイナもそうだろう。

用意してもらった草履《ぞうり》を履いて、そのまま外に出る。

先ほどと同じ光景なのに、着ているものが違うだけでどこか遠くに来た気分だ。

ゆったりと流れる川、遠くから漂ってくる温泉の匂い、風の音。

どれもがただ心を安らかにしてくれるようで、歩いているだけでとても気持ちがいい。

「ふんふんふーん」

ルナも気分がいいのか、歩きながら鼻歌を歌っている。

それを真似するように、スノウも鼻歌を真似し始めた。

二人の姿は周囲の人たちから見ても微笑ましいようで、大人たちからの注目を集めていて、まるでアイドルだ。

「お二人とも、仲良しですね」

「スノウはなんでも真似したがりっ子なので、よくレイナの真似とかもしているんですよ」

「前に魔法を真似されたときは、さすがにびっくりしちゃったわ」

魔法の練習をしていたレイナの真似をして、彼女と似たことをしたのである。

一発でできるあたり、小さくてもさすがは大精霊だなって思った。

「まあ、真似が好きなのはどこかの誰かさんにそっくりだけど」

「……」

「案外スノウが真似好きなのは、あなたの影響なんじゃないかしら？」

俺はそっと視線を逸らす。

そりゃたしかに、今まで研鑽を重ねてきた自分の力が、神様から貰ったチートで真似されたら気分も良くないよなぁ。

「ふふ、冗談よ。アラタのおかげでこの島で楽しく過ごさせてもらってるんだから、文句なんてないわ」

「それを言ったら、俺こそレイナのおかげで楽しく過ごさせてもらってるよ」

彼女がいなかったら、この島の生活はもっと大変なものになっていただろう。

魔物に負けることはなかっただろうけど、今みたいにいろんな人たちと仲良くなれていたかはわからない。

だからこそ、俺はレイナにはすごく感謝しているのだ。

「お二人は、やはりとてもお似合いですね」

「……」

「……」

今度は意味が明確にわかって、つい黙り込んでしまう。

レイナもまた、同じように黙り込んでしまった。

「お二人の関係が、とても羨ましいです」

「え？」

これまでの優し気な声色と違う、どこか憂いのある声。

一体どうしたのだろうと思って見ると、彼女はもうすでに普段通りの表情をしていた。

「今はお兄様含め、鬼神族の若い男性方は出かけていますが、夕暮れ時には帰ってきますので、その時また一緒にお食事でもしましょうね」

「ごはん!?」

「ごはん！」

そんなに大きな声ではなかったのに、先頭を歩いていたおチビたちが反応して振り返る。

もう二人の頭の中には、ご飯のことしかない状態だろう。

「ええ、せっかくですので、私も腕を振るわせていただきますね」

神獣族やアールヴたちの料理はかなり大雑把な感じだったが、ここはどうだろうか？

鬼神族はどこか生活感も人間に近く、今まで見てきた他の種族とは少し違う気もする。

なんとなく日本を思わせるようなこの里でのご飯というのは、俺もかなり楽しみだった。

第三章　鬼神族の少女

着物というのは思ったよりも動きやすく、快適だと初めて知った。

成人式か、結婚式か、それくらい特別な時以外に着ることはほとんどない着物で、温泉街を歩くというこの特別感が良い感じだ。

「あの子たち、ずっと元気ねぇ」

レイナが呆れた様子で見ているのは、俺たちの前を歩いているルナとスノウの二人。

初めて見るものばかりでテンションが上がっているスノウに、何度も来ているルナが繰り返し教えてあげていた。

「本当に、ああしていると本物の姉妹のようね」

「うん。ティルテュも合わせたら三姉妹だ」

そうなると、スノウが末っ子として、長女はいったいどっちになるだろう、と思う。

「全員末っ子？」

「ふふ、なにそれ。それじゃあ三姉妹じゃなくて三つ子じゃない」

「でもさ、あんな風にお姉ちゃんしてるルナが長女って感じではないと思うんだ？」

「うーん……ティルテュが長女かって言われると、それもちょっと違う気がするし……」

「だよね」

まあ、別に性格で姉妹の位置が決まるわけではないか。

ルナにしても、ティルテュにしても、スノウの『お姉ちゃん』には変わりない。

ちなみに、俺が一番長女っぽいなと思ったのはサクヤさんだ。

レイナより二歳年下らしいが、しっかりしていて今もスノウたちの面倒を見てくれている。

元気いっぱいな彼女たちも懐いて、俺がびっくりするくらいサクヤさんの話をちゃんと聞いているのだ。

これがエルガだったら、あの子たちは動きを止めることなく遊びまわっていたことだろう。

「それでは皆さん、そろそろ家に向かいましょうか」

「うん。よろしくお願いします」

「「おねがいしまーす！」」

一通り鬼神族の里を見て回り、太陽もやや赤く染まり始める時間帯。

サクヤさんの案内で、里の舗装された山道を登っていく。

そうしてしばらく歩くと、木造の家が並ぶ区画へと辿り着いた。

「あそこが、私と兄の家になります」

ギュエスとサクヤさんの家……という表現に少し違和感を覚えた。

「あの……ご両親は？」

レイナがやや気まずそうに尋ねる。

両親がいない、というのはつまり、死別しているんじゃないかと思ったのだろう。

「両親は、あの上にいますよ」

しかしサクヤさんは特に気にした様子を見せず、山の奥深くを指さす。

見れば道はまだ続いていて、その先に彼女たちの両親がいるらしい。

「わざわざ別に住んでいるの？」

「鬼神族は十を超えるとあの山から下りて、こちらに住むんです。そして、始祖様の名を得たらまた山に戻るのです」

「へぇ……」

他の種族にはなかったけど、そういう風習もあるのかと感心する。

「なので、先ほどまで見て頂いた温泉などにやって来る来訪者のお相手は、我々が行うのですよ」

「ああ、だから若い子が多かったんだね」

「はい」

しかし、男手がないと大変なんじゃないだろうか？

始祖の名を得るには強い力が必要で、そのためにギュエスはグラムたち古代龍族と戦い己を鍛えている。

だとしたら、女性の鬼神族はどうやって始祖の名を知るのだろうか？

「女の人は、どうやって始祖の名を知るの？」

なんて思っていたら、レイナが先に聞いてくれた。

「私たち鬼神族の女は、夫を頂いて、子種を頂くときに知るのです」

「ちょっ――」

まさかの発言にレイナが焦った顔をする。

いや、正直俺もめちゃくちゃ焦った。

というか、彼女みたいな清楚な感じの女の子からいきなり子種とか言われたらびっくりするに決まっている。

「どうされました？」

「いやだって、え？　その……えと、子だ……それって」

すごく自然体のサクヤさんに対してレイナはあわあわと顔を真っ赤にした状態。

ヴィーさんにからかわれてるときもだけど、レイナは結構下ネタに弱い。

そしてレイナにとって一番まずいのは、サクヤさんにはからかう気など一切ないということだ。

「子孫を残し、次世代に繋ぐことはとても大切なことですよ？」

「いや、それはそうなんだけど……」

先ほどの着物について説明しているときくらい真剣なサクヤさんに、レイナが押され始める。

というか、この話俺が聞いててもいいのかなぁ……。

ふと、前を歩くスノウたちを見ると、彼女たちは小さな川で石に飛び乗ったりして遊んでいた。

いいな、ほのぼのとしてる。

あの子たちなら足を滑らせて川に落ちることもないだろうし、ただ借り物の着物を汚さないかだけが心配だ。

再びレイナとサクヤさんを見ると、どうやらサクヤさんが押し切った様子。

まあ、サクヤさんも中学生か高校生くらいの年齢。コイバナだってしたい年ごろだろう。

「鬼神族は強さを追求してきた種族です。それゆえに、女にとって番《つがい》となる男性の強さはとても重要なのです」

「そ、そうなのね……」

問題は人間とは価値観が違うことと、言葉の一つ一つが本能的で躊躇《ためら》いが一切ないこと。

もしこれがヴィーみたいにからかい目的だったら、レイナももっと強気でいられただろう。

そういえばティルテュも以前、強い雄に惹かれるのは当然で強い子を産みたい、と言ってた気がする。

最近はそういう言動は減ってきたけど、もしかしたら彼女の中に強さよりも大事ななにかが生まれたのかもしれない。

「しかしそれ以上に重要なのが愛です」

「あ、愛……？」

「見たところ、レイナさんとアラタさんは愛し合っているようにも……」

「さ、サクヤさんストップ！　そこまで！　この話はもうおしまい！」

慌ててレイナが声を上げるが、サクヤさんは止まらない。

「強さ、容姿、魅力……たしかに男性にとっても、女性にとっても、それらは重要かもしれません。ですがやはり、愛だと私は思います。より深く、この人を愛したい、そう思える人がいれば、そこに種族の壁など……」

ほう、とサクヤさんは誰かを思い浮かべるような表情。

普段のお淑やかな彼女とは打って変わって、すごい色気があった。

彼女が今思い浮かべている人は、すごく想われているのだとわかる。

「サクヤさん？」

は、とサクヤさんは気付いた様子で普段の顔になるが、レイナはそれを見逃さなかった。

「はい、どうされましたか？」

「今の顔、ごまかせるとでも思ってるのかしら？」

「……」

にっこりと笑うレイナと、冷静さを保っているようでちょっとだけ気まずそうに視線を逸らすサクヤさん。

さっきの仕草、あれは俺でもわかる。

どうやら形勢は逆転したらしい。

「聞かせてもらいましょうか？　サクヤさんが愛してるっていう、その人のことをね」

「あぅ……」

レイナの言葉でサクヤさんの顔が少し赤くなる。

先ほど本能について色々と語っていた彼女も、恋愛に関してはしっかり羞恥心があるらしい。

「うぅー、その……」

「ふふふ。顔を隠したって駄目よ」

恥ずかしそうに袖で顔を隠していやいやと首を振るサクヤさんに対し、散々攻められていたレイナは、反撃の機会を得て生き生きとしている。

普段から彼女はヴィーさんなどにからかわれているが、自分が攻める側に回ることは滅多にないので、珍しいと思った。

というか、よく考えたらこんなレイナは初めてだ。

――もしかしたら結構、気が合うのかな？

この島で彼女と年齢が近いのはカティマくらいだが、カティマはふざけているようで意外と警戒心が強い。

レイナを友達と思ってはいるだろうが、俺やスノウに比べるとやや距離があるように感じる。

それはレイナもわかっているのか、カティマにはしっかり距離を置いて対応していた。

しかしサクヤさんに対しては、同年代の友人に接するような態度。

「ほら、誰のこと？　そこまで言っちゃったなら教えてくれないかしら？」

「そ、それは……レイナ様、後生ですー」

サクヤさんが本気で嫌がっているというわけじゃないのは、離れて見てる俺でもわかる。

――いやぁ、華があるなぁ。

この島で出会う人は、本来レイナにとって神にも等しいレベルの存在ばかり。

たとえそれが良き隣人であり、友人であっても、どうしても思うところはあるだろう。

七天大魔導の一人として、気を張り詰めている日も多いはず。

だけど今のサクヤさんに接するレイナは、女子高生が友達に接するような距離感で、とても楽しそうだ。

そしてサクヤさんもまた、なんだかんだ楽しそうに見える。

「ううう……誰にも言わないでくれますか？」

「ええ、もちろんよ」

チラッと、レイナが俺を見るので、黙って両手で耳を塞ぐ。

こうでもしないと、聞こえてしまうのだ。

ちなみにルナたちは結構離れた展望台みたいなところから街並みを見下ろしてはしゃいでいた。

山道を結構歩いてきたので、最初に見た巨大な源泉もだいぶ小さく見える。

「――」

「――っ！」

サクヤさんがレイナの耳元でなにかを話したのだろう。

レイナが少し意外そうな表情をしたあと、なぜか嬉しそうな顔に変わる。

なにかを言いかけて、すぐに俺を見て口を閉じたが、顔は楽しそうににやついていた。

とりあえず、もう耳から離してもいいだろうと手を下ろす。

「サクヤさん、私あなたを応援するわ。だって、恋は障害があるほど燃えるものだって、本に書いてあったもの」

「あ、ありがとうございます……」

妙に張り切っているレイナに、どうしたのだろうと思うが、まあ聞かない方がいいのだろう。

だって女性同士のやりとりに、男の俺が入ったって良いことなさそうだし……。

俺はなにも見なかったことにして、走り回っているスノウたちを捕まえに行くのであった。

「逃げろー！」

「にげろー！」

俺の意図をくみ取った二人は、キャッキャと笑いながら追いかけっこ。

「捕まえた」

「わー！　はなしてー！」

「おふっ」

スノウを背中から抱っこすると、手足をバタバタして俺の腹にキックが刺さる。

ダメージはないが反射的に手を離してしまい、ルナがスノウを救出して逃げ出してしまった。

そろそろ終わったかな、とレイナたちを見ると、二人はまだコイバナを続けている。

まあでも、だいぶ仲良くなったようで良い感じだ。

「ただ、男の俺はやや入りづらい空気という……」

一人ぼっちになった俺は、何気なくスノウたちの方へと向かう。

追いかけっこが終わった二人は揃ってしゃがみ、アリの行列でも見ているような姿勢。

「なにしてるの？」

「あ、ぱぱ！」

「ふぐぅ……」

さっき逃げたことに対するお詫びなのか、俺が声をかけた瞬間スノウが抱き着いてくる。

以前よりも強くなったスノウの不意打ちタックルはちょっと効き、つい声を出してしまった。

とはいえ、俺も父親だ。子どものタックル程度、笑って受け止めてやるのが務めである。

「おにいちゃん、ルナもいい？」

「……よし来い！」

「やったー！」

スノウよりもさらに強い力でのタックル。

今度は俺も準備万端だったのでしっかりと受け止めて、二人を両腕にぶら下げる。

「おおー！」

「わーい！」

それが嬉しかったのか、スノウはそのまま肩車の定位置に着き、ルナは俺の背中にくっついた。

端から見たらすごい恰好な気がするなこれ……。

「それで、なにしてたの？」

「あれ見てたの！」

俺の言葉に、スノウが地面を指さす。

そこには地面から顔面だけ出した見覚えのある金属。

怪しい緑色の光、って言っても目なんだけど……だいぶ違和感がある。

「……ジアース様、なにしてるんですか？」

『ッ――!?　ワレはただの、大地ダ』

それだけ言うと、ゆっくり何事もなかったかのように地面の中へと消えていく。

そして、俺が見ていた場所には跡形もなく綺麗に舗装された通路だけが残った。

「……」

「ジイ！」

「あははー！　変なのー！」

俺の身体にくっついている二人は、楽しそうに地面を見て笑っていた。

ちょっと本気で周囲を探ってみると、凄まじい勢いで地面の中を移動している自称ただの大地がいたが、気にしないでおこう。

というか本当に速いな……もう索敵範囲からいなくなってるし。

「貴方たち、そろそろ行くわよー」

「「はーい」」

少し離れたサクヤさんの家の前にいるレイナが声をかけてくる。

子どもたち二人は元気に返事をして、走って行ってしまった。

「俺も行こ」

さっきのは見なかったことにしよう。

だって、孫をストーキングするジイってちょっとやだし。

◇

サクヤさんの家は、旅館のような雰囲気だった。

部屋の窓からは山の麓を見下ろせるようになっていて、大きな源泉や街並みに夕日が反射して美しい絶景が広がっている。

「もうすぐ兄も帰ってくるかと思いますので、お食事の準備をしてきますね」

「ありがとうございます」

旅館の女将さんのように三つ指をついてお辞儀をすると、部屋から出て行く。

「着いたー！」

ルナはさっそく畳に寝っ転がり、スノウは座布団に座るレイナの腕の中でご機嫌な様子。

サクヤさんは夕飯の準備をしているので、ここにいるのは俺たちだけだ。

「なんだか落ち着くわね」

「うん。俺もこの雰囲気好きだな」

家自体は木造建築で、古き良き日本を感じさせる。

神獣族の里も同じ木造だが、もう少し文化的な雰囲気があって、俺としてはこちらの方が馴染みがある。

「一つの島なのに、種族ごとに生活様式が違うのは、面白いわね」

「たしかにね」

思い返せば、アールヴたちなんかの過ごし方はここことは全然違う。

とはいえ、鬼神族と神獣族は交流があるし、住んでいる地域も近いのにこうして文化に差があるのは少し不思議だ。

この島も大きいとはいえ、おそらく北海道くらい。

しかも住人たちはそれぞれ、その足で端から端まで移動出来るくらいの身体能力を持っている。

だとしたら、文化も似通っていて良いと思うけど……。

「もしかしたら、本能的ななにかがあるのかもしれないね」

「そうね……あ、見てあそこ」

レイナの視線を追って窓の外を見ると、里の入口にあった鳥居に鬼神族らしき集団が見えた。

どうやらギュエスたちが帰ってきたらしい。

遠目でもだいぶはしゃいでいる様子で、どうやら今日の戦いはいい感じに終わったようだ。

「そういえば、ギュエスはもう始祖の名前を知ってるはずだけど、いいのかな？」

「山の上に行かなくてもってこと？」

「うん。サクヤさんの話だと、始祖の名前を知ったら山の上に行かないといけないんだよね」

それが成人の証、ということなのだろう。

今のところ、鬼神族だとギュエス、古代龍族だとグラムとティルテュくらいしか始祖の名を得ていないわけだが、あのままでいいのかなって思う。

「まだギュエスは友人たちと一緒にいたい年頃なんだろけど……」

「まあ、周りももう知ってることだし、別に構わないんじゃないかしら？」

「そっか。それもそうだね」

ギュエスが自身のことを隠していたのも、バレたら一緒にいられないから、ということだった。

それは俺が叩きのめすことで解決したわけだが、この里の風習が問題だったら隠しておかなければいけないなと思う。

「ぱぱ、まま……むずかしい話？」

「ううん。別に難しくないわよ。ただ、友達とは一緒にいたいわよね、って話」

「スノウも、カティマやティルテュたちと一緒にいたいよね？」

「うん！　みんな大好きだもん！」

無邪気な笑顔を見せるスノウの頭をなでていると、襖が開いてサクヤさんが入ってきた。

「皆様、お食事のご用意が出来ました。どうやら兄はまだのようですので、先に済ませてしまいましょう」

「さっき帰ってきてたみたいだけど、いいの？」

「はい。今からでは、皆さんの食事が遅くなってしまいますので」

たしかに、俺やレイナはともかく、子どもたちはもうお腹が空いて仕方がないだろう。

「それじゃあ、ギュエスには悪いけど、お願いします」

◇

そうして俺たちが案内されたところには、お膳が並べられていた。

米、焼き魚、みそ汁、海苔、卵、漬物に、ちょっとした野菜の数々。

こう、日本料理とはこういうものだ、というのをきっちり守ったような並びに、俺を思わず目を丸くしてしまう。

――ああ、なんかいいな。

俺にとって故郷の味、というにはちょっと昔ながらのご飯だが、それでもそれを思い出せるこの雰囲気が素晴らしい。

「聞けばレイナ様は料理の達人とか。お口に合うといいのですが……」

「た、達人は言い過ぎよ」

「ぱぱ……？」

ついじっと見つめていると、隣に座っているスノウが不思議そうに見上げてくる。

「ああ、ごめん。ちょっと懐かしくなっちゃってさ」

別に日本に戻りたいわけではない。

この身体だって、この島に転生したときに神様に与えられたものだ。

だからこの気持ちは俺の前世、魂に由来するものなんだろうけど……。

「俺の故郷と似た感じでさ。それでね」

「これ、ぱぱのなの？」

「俺のっていうか、俺の住んでたところのご飯に似てる、かな」

スノウがじっーと俺の料理を見る。

いや、自分のがあるからそっち見たらいいよ？

「へぇ。アラタの故郷だと、こんな感じなんだ……」

レイナが真剣な表情で並んだ料理を見る。

そういえばレイナの住んでた地域は米じゃなくてパンがメインって言ってたな。

彼女の住んでいた大陸は、ヨーロッパ風なんだろうか？

「もちろん似てる、ってだけだけど――」

「サクヤさん。あとでこれ、作り方教えてもらってもいいかしら？」

俺の言葉に被せ気味にそう尋ねると、サクヤさんはただ微笑むだけ。

「レイナ？」

「私の料理はどうしても味付け濃いめで、大味になりがちだから……こういうのはあんまり得意じゃないし、レパートリーは多い方がいいし、それだけよ」

「そっか」

ちょっと早口で言い訳っぽく理由を付けているが、俺のため、なのは多分うぬぼれじゃないだろう。

　それを、嬉しく思う。

「ままのご飯、いつもおいしいよー」

「お姉ちゃんのご飯は美味しいよねー」

「ふふ、ありがとう二人とも」

　ちょっと変な空気になりかけたところで、スノウたちの声が入る。

「俺もレイナのご飯好きだよ」

　たしかに思い返してみれば、レイナの料理は結構味付けがしっかりしていることが多い。

　対してこの島で出される料理は、素材をそのまま出したモノとか。

　素材そのものの味もたしかに美味しいのだが、たくさん動くこの島の住民たちには、レイナの濃い味付けの方が合っているのかもしれない。

「それじゃあ、頂きます」

　とはいえ、それはそれ。

　今回出されたこの和食風の料理が好ましくないわけではなく、やはり故郷の味として楽しみたい。

　そうして箸《はし》を手に持ち、食べようとしたところで、背後の襖が開いた。

「ふははは！　サクヤよ、今帰ったぞ！　おお、兄者もちょうど食事の時間だったか！　ならば我も――」

「お兄様。先に温泉で汚れた身体を流してきてください」

どうやら今回も中々激しい戦いだったのか、ギュエスの逞しい身体は埃に塗《まみ》れていた。

そのせいか、サクヤさんから今まで感じたことのないプレッシャーを感じる。

「……では兄者たち、また後で！」

しかしどうやらこのやりとりは慣れたものらしく、ギュエスは逃げるように出ていく。

一瞬、騒然としたが、それもすぐに静かになった。

「えーと」

「お騒がせしました。兄はまたすぐ戻って来るかと思いますが、今のうちにどうぞごゆるりと」

そんな中、子どもたちは気にする様子もなく、すでにご飯に手を付けていた。

「お・い・しー！」

「おいしいねえ！」

俺とレイナはそんな二人を見て笑い、自分たちも箸をつける。

ちなみに、子どもたちはスプーンとフォーク。

レイナは箸の使い方に慣れていないため、かなり苦戦したが、元々器用なのですぐに使いこなしていて凄いなと思った。

◇

夕食を食べたあと、お腹いっぱいで眠くなったスノウが俺の膝を枕にして眠っている。

ルナも頭をこっくりこっくりと揺らしており、かなり眠そうだ。

「二人とも眠そうね」

「うん。お昼にたくさん遊んだからかな」

スヤスヤと眠るスノウの寝顔はまるで天使のようだ。

「とりあえずこの子たちを部屋に連れて行くわね」

「一人で大丈夫？　俺も行こうか？」

「ルナが自分で歩ければ大丈夫よ。ルナ、起きてる？」

「うー、あるけるよー」

かなり眠そうだし受け答えも若干合っていない。

しかし自分で立ち上がったし、問題はなさそうだと思っていると、ふらふらしていた。

「微妙だなぁ」

「だいじょうぶだよぉー」

「だって。それじゃあアラタ、スノウをこっちに渡してくれるかしら」

「うん。スノウ、部屋でねんねしよっか」

俺の言葉で起こされると思ったのか、体勢を変えてぎゅっとしてきた。

小さな子どもの抵抗だが、こうして抱き着いてくれた方が実は抱っこしやすいのだ。

「よっと。はい」

「ほらスノウ、こっち来なさい」

「ぅー……」

最初は抵抗していたスノウだが、声の主がレイナだとわかると、受け入れて力を抜いた。

そうしてしっかりレイナに抱っこされたあとは、だらーと力なく寝息を立てる。

「それじゃあ、お願いね」

「はいはい。アラタはゆっくりしてたらいいわ」

ふらつきながら前を歩くルナについて行くように、レイナは出て行く。

「ふふふ。本当に仲の良い家族ですね」

「家族……そうですね。もうあの子たちは大事な家族です」

ルナにしても友人というより、家族という言葉の方がしっくりくる。

この島に来たときは一人だった俺も、いつの間にか大所帯になったものだ。

そうして日々の生活を思い出すと、スノウやルナたちからたくさん元気を貰っている。

と同時に、普段の彼女たちの行動にはひやひやすることもあって、つい苦笑してしまう。

「毎日あの子たちには振り回されてますけどね」

「アラタ様は、父であり、大黒柱ですね」

「ちゃんと父親が出来てるかなぁ……」

「あの子たちの楽しそうな顔が、答えですよ。絶対に倒れない大樹だからこそ、あの子たちも安心して傍にいられるのだと思います」

「そうだと、嬉しいですね」

サクヤさんとの談笑を楽しんでいると、ドタドタと襖の奥から騒がしい足音が聞こえてきた。

「兄者どうだ！　くつろいでいるか!?」

「やあギュエス。サクヤさんには良くしてもらってるよ」

「おお！　そうかそうか！」

ドカッと俺の正面に座ると、サクヤさんがさっと立ち上がってギュエスの分の料理を置く。

「今日もまた美味《うま》そうだ！」

「お酒はいりますか？」

「うむ！」

殿様といった雰囲気でちょっと偉そうだが、鬼神族ではこれが普通なのかもしれない。

ふと思ったのは、ギュエスにはサクヤさんがいるけど、他の親族の子たちにはいないんだけど、どうしているんだろうか？

「む、兄者は酒を飲んでいないのか？」

「さっきまで子どもたちがいたからね」

「それはいかん。せっかくだから鬼神族が誇る酒を飲んでくれ」

瓢箪《ひょうたん》からトクトクと杯《さかずき》に注ぐと、俺に渡してくる。

ギュエスは自分の分を一度飲み干し、再び注ぎ杯を合わせるように上げた。

それに合わせるように俺も杯を上げると、サクヤさんが外と繋がる襖を開け――。

「おお……」

美しい月光が部屋に差し込み、ギュエスと俺の間を明るくして酒がキラキラと輝く。

「鬼月《きげつ》と呼ばれる酒でな、鬼神族で祝い事があるときに飲む」

「特に大した祝い事でもないんじゃないかな？」

「なにを言う。我らの兄者が里に来てくれたのだ。これ以上の祝い事などないとも」

ギュエスが俺を高く評価するが、やったことといえば結局のところ力で言うことを聞かせただけだ。

だから俺を上に見なくてもいいと言っても、彼らの中ではその力こそ重要なのだと返される。

「では兄者、これからも我ら鬼神族をよろしく頼む」

「なにもしてないけどね。うん、それじゃあ……」

乾杯、と二人で杯を仰ぐ。

そんな様子を、サクヤさんが嬉しそうに微笑みながら見守ってくれていた。

◇

以前からわかっていたが、この身体は酒に強い。

身体の中で勝手にアルコールが分解されているのか、酔いを感じることもなかった。

この酒は相当辛口のようだが、それすらも美味しく感じるし、いくらでも飲める。

そして、意外なことに俺の正面で飲んでいるこの強面の男は酒に弱かった。

「あにじゃはなー、すごいんだぞー！」

「はい、存じてますよ」

「だってなー！　われとぐらむをどうじにあいてして、あっとうするくらいだからなー！」

完全に酔いが回り、ぐでんぐでんになりながらサクヤさんに俺の武勇伝を語る姿は、ただの面倒くさい酔っ払いだ。

とはいえ、そんな兄の姿も見慣れているのか、さらっと流しながら聞き手に回っている。

「杯が空ですね。どうぞ、お注ぎします」

「ありがとうございます」

そうして客人である俺のことも忘れず、こうした気遣いが出来るのだから、ギュエスが自慢したくなるのもわかるというものだ。

「あにじゃー！　きいてるのかー!?　さくやはいいむすめだろー！」

「そうだね。とても良い子だと思うよ」

「おー！　さすがあにじゃ！　よくわかってるなー！」

俺の言葉に機嫌が良くなり、更に杯を呷って、くはー！　と美味しそうに声を上げた。

ちなみにギュエスがある程度酔ったあとは、その中身がサクヤさんに入れ替えられていて、今彼が飲んでいるのはすべて水である。

俺がそっとサクヤさんを見ると、彼女はいたずらっ子のような笑みを浮かべていた。

どうやら兄にだけ見せる表情なのだろう。

「だからなー！　さくやをよめにしたいやつはおおいし、にんきなんだー！　だけどなぁ！　どいつもこいつも、われよりよわい！」

「まあそうだろうね」

こんなベロンベロンで情けない状態とはいえ、ギュエスは鬼神族の若手の中でリーダーを張る男だ。

それにすでに始祖の名も知っている状態で、普通の鬼神族よりはるかに強い。

当然、成人していない面々でギュエスに勝てる者などいるはずがなかった。

「きしんぞくのおんなはつよいおとこにとつぐのがしあわせなんだー！」

「ああ、うん。聞いたよ」

「だろー！　あにじゃはわかってるじゃないか！」

何が？　とそっとサクヤさんに視線を向けるが、彼女はただ苦笑するだけ。

「適当に聞いていたら満足してくれますよ」

「なるほどね」

「あいじゃー！」

もう兄者すら言えなくなってるし。

というか、途中から水しか飲んでないはずなのになんで酔いがさらに深くなってるんだろ。

「われはなー！　さくやがこーんなちいさいあかんぼうのころからずっと、ずううーとそだててきたのだー！」

「ん？」

豆を指でつかむような仕草は、そんな小さくないだろうというツッコミ待ちだろうか？

というのは冗談として、赤ん坊の頃からギュエスが育ててきたというのは……。

「兄は、生まれたときから特別力が強かったので、両親の期待も大きかったのです。それで普通よりも幼いときからこちらに下ろされまして、それ以来ずっと私の面倒を見てくれたのです」

「そうなんだ……」

今、意図的にサクヤさんのことを省かれた気がする。

ギュエスが子どものころに山から下ろされたとしても、サクヤさんが赤ん坊のときに下ろされる理由はないはずだ。

とはいえ、サクヤさんがあえて黙っていることを、俺が追及するのも違うだろう。

「あ、気にしないでください。里の人たちはみんな家族のようなものですし、この兄もいます。寂しい思いなどしていませんよ」

俺の思ったことを察したのか、サクヤさんが笑う。

その笑みに暗いところなどなく、本心だとわかった。

「そんなさくやだって、いずれはよめにださないとだめなのだ！」

ギュエスがまた杯を掲げて一気に飲む。

「そういうのはちゃんとわかってるんだね」

「よめにいくのはしあわせなことだからなー！」

ちなみに、話がループしてるなんて思ってはいけない。

なぜなら相手は酔っ払いであり、まともな会話にはならないから。

「われはさくやのあいてはあにじゃがいいとおもうー」

「ん？」

なんだか急にループしていた話が進んだような気がするけど……。

気のせい――。

「あにじゃはつよい！　われよりもつよい！　にくたらしいがじつりょくはわれとおなじぐらむよりも、あっとうてきにつよい！」

「まあ、それは神様から力を貰ったからね」

「われらだってしそからちからをもらってる！　だからいっしょだ！」

そうなのかなぁ？

まあたしかに、彼らにとって始祖様は神様と同じようなものなのかもしれないけど。

「もひろんあいじゃにはあねじゃがいることはしょうち！　しかし！　つおいおとこはたくさんよめをもって、かいしょうをみせるのがこのしまのありかた！」

そろそろ本気でろれつが回らなくなってるうえ、言ってることが滅茶苦茶になってきた。

これはもう終わらせないといけないかな、と思っていたらサクヤさんがそっと兄に寄りそう。

「お兄様？　飲みすぎですよ」

「さくや！　おまえはどうおもってる!?」

「アラタ様はとても素晴らしいお方だと思います」

「そうだろうそうだろう！　あいじゃはすごい！」

「ですが、突然そんなことを言われては敬愛する兄者様も困ってしまいます。だから、終わりにしましょうね」

そうしてサクヤさんがそっとギュエスの背中に手を回し、さする――

「えい」

「きゅ――!?」

——のではなく、すばやく首に腕を回して、締め上げる。

えい、と言う割にはすさまじい音が鳴り、同時にギュエスが白目をむいて、そのまま前に倒れ込んで気絶した。

「……」

「兄はお酒に弱いですが、こうすれば大人しくなるんです」

「そっか……」

ちょっとだけ自慢げなサクヤさんを見て、これはいつもの兄弟のスキンシップなのだろうと思うことにした。

それにまあ今回は、酔っぱらったギュエスが悪い。

「ところで、あんなこと言ってたけどサクヤさんには好きな人がいるんだよね」

「はい。残念ながら兄は絶対に認めてはくれないと思いますが……」

「そっか……まあいざとなったら俺も説得を手伝うからさ」

そう言うと、サクヤさんは嬉しそうに微笑む。

月明かりが差し込む中で彼女の微笑みは、とても幻想的で儚く、美しいものだった。

第四章　月下の湯

最初に言っておこう。

これは、不可抗力というやつである。

「あ、ぱぱだー！」

目の前には桃源郷が広がっている。

いや、桃源郷といっても、温泉なんだけど……。

「え、アラタ……？　嘘！　なんで!?」

「おにいちゃんも来たんだねー！」

三者三様の反応。

そして当然、温泉に来ているのだから俺の恰好は裸だし、歩いて行った先にいる彼女たちもまた、衣類など着ているはずがない。

「……」

目を、逸らさないと……。

なんて心で思っているふりをしながら、俺は少し前のことを思い出す。

◇

ギュエスが気絶し、サクヤさんに介抱されたあと。

しばらく一人で月見酒を楽しんでいると、後片付けを終えて戻ってきたサクヤさんから温泉に入ることを勧められた。

「レイナ様たちも先に向かってますよ」

「あ、そうなんですね。あれ？　でもスノウたちは寝てたんじゃゃ……」

「それが、お布団に入ろうとした瞬間、目が冴えてしまったらしく」

――ルナちゃんも、スノウちゃんも元気いっぱいになってました。

微笑ましい光景を見たような、大変な状況だったような、複雑そうな表情をしている。

それだけスノウは元気いっぱいだったのだろう。

「あるあるだなぁ」

子どもというのは不思議なもので、眠たそうにしてると思ったら、急に起きてきて、しかもテンションがめちゃくちゃ上がるときがある。

スノウのパワーは、ティルテュやカティマすら振り回すくらいだし……。

「温泉の話をしたら、目を輝かせて行きたがったので、先に案内させて頂きました」

「そうなんですね。じゃあ俺も、せっかくだし行かせてもらおうかな」

「はい。拭くものや着替えは後ほどご用意しますので、ご案内しますね」

サクヤさんと一緒に家を出て、少しだけ離れたところに、大きめな木造の建物がある。

どうやらそこが脱衣所になっているらしく、その奥が鬼神族自慢の温泉と繋がっているらしい。

「温泉か……」

正直言って、とても楽しみだった。

やはり日本人で温泉嫌いな男はいないだろう、などと思う程度には俺も好きだ。

「ブラック企業で働いていた人間って、絶対一度は温泉巡りを夢見るもんな」

「ブラック企業ですか？」

「ああ、俺の昔いたところ、かな」

案内してくれているサクヤさんが疑問に思うが、説明してもいいことなんてないので、笑って誤魔化す。

もちろん例外はいると思うが、多分みんな一度は考えると思うんだ。

ブラック企業を退職して、自転車で日本一周するんだとか、温泉巡りをするんだというのは定番の妄想だ。

ついでに言うと、いざ本当に退職したらそういうことはしないでネットサーフィンをするのもまた定番。

とはいえ、それが悪いなんてことは絶対にない。

苦しいときに夢を見るのは悪くないし、実際に叶える必要もないんだから。

「こちらです」

「おお、立派だ」

案内された木造の建物に入ると、左右に入口がある。

「左が男性用の脱衣所で、右が女性用です。ふふふ、今日は貸し切りですよ」

「え、いいんですか？」

「はい。とある方が、せっかく来た客人なのだからそうした方がいい、とアドバイスをくださったので」

「へぇ……それは申し訳ないなぁ」

とはいえ、貸し切り温泉なんて本当に夢のようだ。

そのアドバイスをしてくれた人には今度お礼を言わないと。

「それでは私は着替えなどを取ってきますので、ごゆるりと」

「ありがとうございます」

一度家に戻るサクヤさんを見送って、俺は脱衣所で着物を脱ぐ。

皺《しわ》になったら申し訳ないが畳み方とかわからないな、と思っていたらテレビとかで見たことのある着物用のハンガーがあった。

「とりあえずこれに袖とかを通して、あとでサクヤさんに聞けばいいか」

そして満を持して扉を開くと、そこには大量の湯気と広大な温泉が広がっていた。

「おお、これはすごい！」

近づいてみると濁り湯らしく、乳白色が広がっている。

辺りは木々と岩に囲まれていて、自然豊かな雰囲気が実にいい。

しかも温泉自体がかなり大きく、湯気のせいで奥まで見渡せないが、あとでぐるっと一周してみたい。

こんなにすごい贅沢をさせてもらって、本当にいいのだろうか？

そう思うが、せっかくの厚意なのだから堪能させてもらおう。

「なんたって貸し切りだからなぁ……ん？」

今、ほんの一瞬だけど湯気の奥に人影が見えたような……。

「気のせいかな？」

サクヤさん曰く貸し切りらしいから、ここにいるのは俺たちだけだろう。

脱衣所は男女で分かれていたし、もし中が繋がっていて混浴にでもなっていたら、スノウたちの声とかが聞こえてくるはず……。

それが聞こえないし、女湯は結構離れているのかもしれない。

「しかし、本当にすごいなぁ」

当たり前だがシャワーはないので、桶に湯を入れて収納魔法から取り出したミニタオルで身体を軽く拭く。

中に入ると、少し熱いけど気持ちのいい温度。

「そういえば、溶岩とかに浸かっても大丈夫なのに温泉を熱く感じるのって、不思議だな」

まあこの身体は神様から与えてもらったものだし、俺にとって都合のいいことなので気にしても仕方がないんだけど。

適当に歩いて行って、肩まで浸かってみる。

「ふー、気持ちいい……」

極楽極楽、と呟きながらゆっくりしていると、やはり湯煙の奥で影が動く。

「今度は見間違いじゃないよな」

もしかしたらこの島の野生動物かも。

普段だったらご飯にするために捕まえるのだが、こんな風にゆったりしているときに捕まえるのもかわいそうだし放っておこう。

「……」

ふと、漫画みたいに動物たちと一緒に温泉に入りたい願望がわいてきた。

もし襲われてもこの身体なら大丈夫だし、誰も見てないからこれくらい遊んでみてもいいよね？

そう思って湯煙の中を歩いて行き、どんな動物たちが温泉に浸かっているのかと思ったら――。

「あ、ぱぱだー！」

「え、アラタ……？　嘘！　なんで!?」

「おにいちゃんも来たんだねー！」

「……」

俺に抱き着こうと、スノウが温泉の中を必死に走ってくる。

とはいえ、この状況で抱き着かれるのはあまりにもまずいので、慌ててしゃがみ上半身でスノウを抱きしめる。

ちなみに今、俺の頭の中は訳がわからなくなっている状態だ。

「わーい！　ぱぱとお風呂ー！」

「……」

楽しそうなスノウは可愛い。

もちろん自分のことをパパと慕ってくれるこの子に欲情などするはずがない。

しかしである……俺の視線の先には状況が理解できずに固まってしまったレイナ。

そしてなにも気にした様子もなく、無防備に立つルナの姿があった。

以前も見たことがあるが、レイナの身体は本当に綺麗だ。

紅い髪はまとめられて、立派に膨らんだ双丘。それと対照的な細い腰に、瑞々しい太ももから足、そのすべてが芸術のように思える。

一度全身を見てから、改めてレイナの顔を見る。

涙目になって、身体を震わせて、しかしなにが起きているのか理解できていない状態。

駄目だとわかっているのに、上から下まで何度も行き来してから、ふと視線が横に逸れる。

隣のルナも、普段の幼い言動とは裏腹に、女性らしいふくらみははっきりとわかる。

もちろんまだまだ成長途中だろうが、それでも否応なしに彼女が『女』だということを自覚させられた。

——いやこれはやばい。本当に、やばい！

この温泉が乳白色をしていることが幸いだ。

せめてこのまま浸かっていれば、というかそもそも目を逸らせよ俺！

そう自分に言い聞かせるのだが、身体は全然言うことを聞いてくれず、しっかりレイナたちを見てしまって——。

「あ、あ、あ……」

「お姉ちゃん、どうしたの？」

「あっち向いてー！」

「ごめんー！」

レイナが顔を真っ赤にしながら両腕を抱えて、温泉に浸かる。

その衝撃で湯が飛び散るが、そんなことを気にしている余裕などなく俺も慌てて視線を逸らす。

「ぱぱ、もっとままの近く行って一緒に入ろー」

そんな中、スノウの言葉はあまりにも無慈悲だと思う俺であった。

もし過去の俺に『将来、美少女と一緒に貸し切りの温泉に裸同士で混浴してるぞ』と伝えたらこう言うだろう。

寝言は寝てから言え、と。

「アラタ……こっち見たら駄目だからね」

「わ、わかってる……」

俺とレイナは今、広い温泉の中で背中合わせになって浸かっている。

背中から伝わる彼女の熱は温泉より熱く、緊張しているのか鼓動の音がダイレクトに感じられた。

なぜ背中合わせなのかというと、これ以上離れると――

「ままとぱぱ、仲良くしなくきゃだめ！」

とスノウが怒るのだ。

温泉で予想外のハプニング。

動揺したレイナと慌てた俺を見たスノウは、なにかを感じ取ったのだろう。

このままだと俺たちが離れてしまうとでも思ったのか、くっつくように指示してきたのだ。

俺たちの機微に敏感なのはいいんだけど、今のこの状況は子どもにはわからない世界。

しかし俺たちはこの子に逆らえずこうして密着して温泉に入ることになった。

「っ――」

少し手を動かして、身体を支えようと思ったら、レイナの手に触れる。

慌てて引っ込めてから、手が触れ合うなんて別に今更な行為なのに、なぜかとても気恥ずかしく思ってしまった。

これが温泉効果なのだろうか？

「どうしてこうなった？」

この状況になるには、様々な条件が必要だ。

まず、当たり前だが俺とレイナを同じタイミングでこの温泉に入らせること。

これは案内をしてくれたサクヤさんにしか出来ないことだが、しかし彼女がこんな悪戯をするとは思えない。

いや、もしかしたら鬼神族はこういったことに羞恥心がなく、男女ともお互いに裸を見られてもいいと思っているのかもだけど……それなら一つ疑問がある。

それは彼女たちが日常的に服を着ていること。

羞恥心がないのであれば、鬼神族のような強い種族が服を着る必要などないし、脱衣所が男女で分かれている意味もない。

なにより、サクヤさんは好きな人のことをレイナに追及されて恥ずかしがっていた。

つまり、男女の営みなどにも最低限恥ずかしいという気持ちがあるはずだ。

「みんなでおふろー」

「おっふろー」

子どもたちは大きな温泉をぐるっと回るように端の方まで行ってしまった。

そして俺ら大人組は、お互いを見ないようにしながら、彼女たちが満足するまでこの温泉から出れない状況。

「わざとじゃないのよね？」

「もちろんだよ。サクヤさんには貸し切りって聞いてたし、男女分けもされてたけどちゃんと男湯に入ったよ」

「そうよね。あなたはそんなことしないもんね……」

これまで一緒に住んで、俺たちの信頼関係には自信がある。

同時に、この状況を作りそうな人にも心当たりがあった。

常に俺たちをからかうことに命を懸けるような、面倒くさい人。

「ということは……」

「うん。これは……」

どうやらレイナも俺と同じことに思い至ったらしい。

「ヴィルヘルミナさんの仕業ね！」

「ヴィーさんの仕業！」

俺たちが同時にそう声を上げた瞬間、空から小さな蝙蝠《こうもり》が集まり、人の形になる。

そうして月を背に現れたのは、黄金の髪をたなびかせた真祖の吸血鬼。

「く、くくくっ……かはは！　ひひ！　なんだなんだお前たちぃ！　二人裸で仲良しかぁ!?」

本当に心の底から楽しそうな彼女は、目に涙を浮かべて指をさしながら全力で笑っていた。

登場からいきなり、滅茶苦茶腹立つ態度だぞこの人！

「……ああ駄目だ、腹痛いっ！」

「本当に楽しそうに笑いますねぇ！」

「本当に楽しいからなぁ！」

ヴィーさんがこちらを煽《あお》るように空中でジタバタしている。

くそ、こっちが立ち上がれないからっていつも以上に調子に乗ってる！

「うー！　うー！」

「レイナ、駄目だよ」

「わかってる。わかってるけど……もー！」

いつもならすぐに攻撃を仕掛けるところだが、ヴィーさんもそれがわかっているのかあえてレイナの視界から外れている。

もしレイナが魔法を使おうと思ったら、一度俺の方に向かなければならない位置にいるあたり、本当に嫌らしい人だ。

「いやーしかし、貴様らは本当に面白いように動いてくれる！」

「やっぱりアンタの仕業か！」

「どれのことかな？　例えば、サクヤに声をかけてここを貸し切りにしたことか？　それとも男女の仕切りを外しておいたことか？　もしくは、魔法でスノウたちの声が響かないようにしたことかなぁ？」

「全部だ全部！」

「ならば正解！　そう、私の仕業だ！」

サムズアップしながら全力で牙を見せて笑ってきた。

ああくそ、本当に質《たち》の悪い人だ。

この温泉に入ったとき、俺はちゃんとスノウたちの声とかが聞こえないことを確認したんだ。てっきり結構離れてるのだろうと思ったが、よく考えたら俺の聴力ならかなり離れていても聞こえるはず。

それが全く聞こえなかった時点で、なにかされていると考えるべきだった。

「なあレイナ！　今どんな気持ちだ!?　好いた男と一緒に混浴出来てドキドキわくわく、これからあんなことが待ってるって色々と期待と妄想をしてるんじゃないか!?」

「う、うるさいわね！　なにも答えないわよ！」

「美味しい羞恥心ありがとう！」

会話になってない。

ヴィーさんは人の恥ずかしい気持ちとかを糧にしているから、今のレイナは彼女にとって非常に美味しいご馳走そのものなのだろう。

「アラタ、アラタよ。振り向けば、レイナの裸が見られるのになぜ振り向かない？」

「レイナが嫌がることなんて、出来るわけないじゃないですか」

「はぁ？　お前、その股にぶらさがっているものは飾りか？」

「い、言い方が下品すぎる」

本気で呆れてくるし、本当に最低だなこの人。

せめてそこは、それでも男かくらいにして欲しい。

「いやだってお前なぁ。本当に嫌だったらなにをしたって出ていくぞ？　それをこんな状態で一緒にいるってお前、レイナはお前に無理やりにでも見て欲しいって思ってるに決まってるだろうが」

「っ――――!?」

俺の背中でレイナが驚いたような動きをする。

でも大丈夫、俺はこんな甘言《かんげん》には乗らないから。

しっかりと意思を伝えるようにヴィーさんを睨むと、呆れたようにため息を吐いてきた。

「はぁー、お前はダメなやつだなぁ」

「そろそろ本気で怒りますよ」

「ふむ……」

こんな脅し方をしても意味がないことはわかっているが、それでも言わずにはいられない。

すると彼女は珍しく神妙な顔をして、黙り込んだ。

「そう。それならいつもと趣向を変えて、こういうのはどうだ？」

一体どうするつもりだろうと思った瞬間、彼女の身体が小さな蝙蝠になり――。

――せっかくだ、私も温泉に入らせてもらおうか。

脳裏に直接響くような声。

月明かりの下、突然全裸になったヴィーさんが、ゆっくりと俺の目の前まで下りてきた。

「ちょっ!?」

幼い身体であるが、当然ながらそこには男にはない膨らみ。

慌てて目を閉じようとするが――。

「私を、見ろ――」

「っ――!?」

閉じようとした目が閉じなくなる。

瞬きが出来ないわけではないが、ヴィーさんから目を離せなくなってしまった。

——なんで!?　俺には魔法とか効かないはずなのに、これはいったい……!?

「ちょっとアラタ!?　どうしたの？」

「おおレイナ、せっかくだから私も混浴させてもらおうと思ってな。おいアラタ、お前ガン見しすぎだ。そんなに私の身体に興味があるのか？」

——ヴィーさんがなんかやってるんだろ!?

そう声を上げたが、なぜか俺の言葉は表には出なかった。

これ、もしかして空気を操作されてるのか!?

「アラタ!?　なんで黙ってるのよ!?」

「ふふふ、どうやら私の身体に見惚れて言葉も出ないらしい」

「っ——!　アラタ、嘘よね!?」

「ほら、じっと見るがいい」

顔を背けようとしても出来ない。

一度温泉に入ったからか、彼女が立ち上がるとその玉の肌から温泉の水滴が滴っていて、蠱惑《こわく》的なエロさがある。

黄金色の髪は美しく、月明かりに照らされたその身体は完璧とも言えるほどに整っていて、まるで神様が美を追求して作り出したんじゃないかと思うほどだ。

——いや、だから!　こんなことを考えたいわけじゃないのに!?

「んんん？　なんだぁその目は。そうかそうか、前だけじゃなく、後ろも全体ももっと見たいか」

「ちょっとアラタ、反応してよ！」

レイナがなにか言っているが、どうしてもヴィーさんから目が離せないのだ。

そんな状態で、彼女はゆっくりと後ろ髪をたくし上げて、そのまま振り返る。

上から下まで、すらっと流れる全身。

一生見ていたいと思うほどの美しさに、俺は……。

「アラタ！」

「っ――!?」

急に、俺の目の前に真っ赤な瞳が現れる。

これがレイナの顔だ、と理解した瞬間、俺は全身から力が抜けた。

「ふむ、なるほど。こういうのはちゃんと効くのか……だいたいわかった」

さっと後ろ髪から手を離したヴィーさんはこちらに向き直ると、意味深な言葉を呟くのみ。

「大丈夫!?　私のことわかる!?」

「も、もう大丈夫……なんか変なことされてたみたいだけど」

もはや隠すものなどなにもない、と言わんばかりに全力で展開されるレイナの身体。

彼女は今の状況に気付いていないのだろう。ただ本気で俺のことを心配してくれているだけだ。

それは、わかるんだけど……。

「うん、わかってるわ。悪いのは絶対——」

レイナが振り返り、ヴィーさんを見つめる。

きっと今、彼女は怒った顔で睨んでいるのだろう。

だけどねレイナ、ごめん。

目の前で君の背中から太ももまで、そのすべてがあらわになっちゃってもう俺の頭は全く働かなくなってるんだ。

本当に、男に生まれてごめんなさい……。

「ヴィルヘルミナさん、今日という今日は絶対に許さないんだからね！」

「まあ待てレイナよ。少しだけ聞いて欲しいことがある」

「なによ！」

ああ、駄目だレイナ。それを聞いたら君は——。

「貴様の尻を今、アラタがガン見しているぞ」

「……」

「……」

「アラタ……目を閉じてる、わよね？」

ぎぎぎぎ、とレイナがゆっくりと振り向く。

その顔は真っ赤に染まり、嘘でしょ？　と言いたげだ。

もちろん嘘だと言いたい。

言いたいが、まったくもって嘘じゃなくて困る。

「……」

「……」

しっかりと、俺はレイナと目が合った。

もう駄目だこれ。本当にもう駄目だこれ。

だって、なにか変なことされてるとかじゃなくて、単純に俺の意思が弱いせいで目を離せないんだから。

「っ――」

感情が爆発したのか、レイナが声にならない声を上げて再び乳白色の温泉の中に座り込む。

やっていることは先ほどと同じだが、湯気である程度隠れていたときと違って、今回は間近で見られたとわかったのだろう。

本気で恥ずかしそうにしていて、言葉も出ないらしい。

俺はというと、とある事情で立てないし動けないので、精一杯恥ずかしがるレイナの顔を見つめるだけになってしまった。

「くは！　くははははは！　なんだ貴様ら、私を笑い死にさせる気か！　ひーひっひひ」

そうして一人だけ、本当に楽しそうに笑うヴィーさん。

「あー！　ままとぱぱ、ずるい！　スノウもー！」

ばしゃばしゃと、俺とレイナの間に飛び込んできたスノウはご満悦の様子だ。

しかしそんなこの子のおかげで、ようやく俺はちょっとだけ落ち着きを取り戻した。

「あれ、ヴィーちゃんも温泉に入りに来たの？」

「ルナか。同じ鬼同士、鬼神族とは旧知の仲だからな。ここの温泉にはよく来ているぞ」

「へー。そうだったんだー」

ヴィーさんも散々笑って満足したのか、もうこちらにはあまり興味がない様子。

完全に湯に浸かり、ルナと雑談に興じ始めていた。

「そういえばルナ。お前身体の様子はどうだ？」

「んー？　どういうこと？」

「最近、ちょっと動きが良くなったとか、いつも以上にお腹が空くとかあるだろう？」

「あれ？　ルナ、そのことヴィーちゃんに言ったっけ？」

「いや、ただ、そうだな……」

ヴィーさんがなにやら意味深に月を見上げた。

「明後日だな。恐らくお前はとある夢を見る」

「夢？」

「ああ。だがまあ、悪いものじゃない。そうだな、ただ念のため、こいつからは離れないようにしておけ」

そうして俺とヴィーさんの目が合う。

先ほどまでとは違い、かなり真剣な瞳で俺を射貫く。

「おいアラタ。しばらく鬼神族の里にいるのだろう？」

「え？　あ、うん。せっかく観光に来たからね」

「なら、その間は貴様ら全員で寝ると良い」

普段であればそれが、またレイナをからかうための冗談だと思う。

しかしヴィーさんは以前からルナに関しては面倒見がいいし、今も妙に神妙な様子のため、俺はただ頷《うなず》いた。

「ぱぱぁ……そろそろ出たい」

「あ、そうだね。そろそろ出よっか？」

「うん！」

とはいえ、俺はまだ立ち上がれないんだけど。

「ルナ、悪いんだけどスノウとレイナを連れて行ってくれないかな？」

「お姉ちゃんどうしたの？　お顔真っ赤だけど」

「ちょっとのぼせちゃったのかな？　俺は連れて行けないから、お願い」

完全に正気を無くして目をぐるぐるさせているのは、本当にのぼせているようにも見える。

とはいえ、これは多分恥ずかしさの限界を超えてしまっただけだろう。

「はーい。行こ！」

「うん！　ぱぱ、あとで抱っこね！」

ちゃっかり要求しながら、ルナに引っ張られてレイナとスノウは湯から出る。

「おいアラタ！　チャンスだ！　今ならまたレイナの無防備な尻が見られるぞ！」

「本当におっさんみたいに下品ですね！　というか、服着てください！」

「温泉で服着る馬鹿がいるか？」

「ああもう！　ああ言えばこう言う！」

ケラケラと笑いながら、ヴィーさんは温泉の中でだらーとし始めた。

「それで、さっきのはなんですか？」

「ん？　貴様を私に見惚れさせた件か？」

たしかにさっき、俺の身体は動かなくなったし、なにかをされたのは間違いない……。

無敵の身体と思って調子に乗っていたけど、もしかして害を与えないものには効果があるのだろうか？

まあ、そんな自分のことは後回しでいい。

それよりも――。

「違います。ルナの方ですよ」

「ああ……」

俺がそう言うと、ヴィーさんは少し欠けた月を見上げる。

「貴様は、この島のやつらが自分の起源を思い出す切っ掛けを知っているか？」

「え？　鬼神族と古代龍族は、喧嘩をして強くなったら思い出すって言ってたけど」

「そうだな。ある程度力が強くなれば、勝手に思い出す。だが――」

――ルナはもう十分すぎる強さを持っているのに、思い出していない。

「え？」

「まあ理由はわかる。わかるが、これは私がどうこうすることじゃないからな」

ヴィーさんは立ち上がると空に浮かんで、気付けばいつもの黒いドレスを身に纏っていた。

「今日が満月なら、もっと楽しかったな」

「……」

「あまり深く考えるな。ルナにも言ったが、決して悪いことばかりではない。ただそうだな……ルナはルナ、ということだけ覚えておけ」

それだけ言って、静かに空の彼方へと消えていく。

普段なら高笑いをしながら去っていくから、妙な気持ちが残ってしまった。

「ルナはルナ、か……そんなの当たり前だよ」

この島に来てから、最初に出会った少女。

ルナがいたからこそ、エルガに出会い、ティルテュに出会い、そしてこの島のみんなと仲良くなれたのだ。

だからもし、この先あの子がなにか大変なことになるんだったら――。

「俺が、ちゃんと助ける」

どんなことがあっても傷付くことのない身体。

神様から与えられたこの肉体は、自分だけじゃなく、みんなのためにだって使えるんだから。

「さて……」

ついに立ち上がることが出来た俺は、そのまま脱衣所へと向かう。

そして何気なく中に入ると――。

「ぱぱだ！」

「ちょ――!?　こっちは女性用よ！」

「なんで!?　俺はたしかに男側に入ったはずなのに――!?」

――ひーひっひひ！

そんな声が俺の脳裏に直接響き、これは絶対にあの人のせいだ、と思いながら慌てて外に出て、反対方向へと走って行った。

どうやらヴィーさんの悪戯については、サクヤさんも特に意識してやっていたわけではなかったという。

良かった……この人があんな悪戯に加担して楽しんでいたら、俺はもう人間不信になっていたかもしれない。

ただヴィーさんに言われて、俺とレイナを夫婦だと思い込んでいたらしく、浴衣に着替えたあと部屋に戻ると、大人用の布団がぴったりくっついていた。

子ども用は少し離れたところにあり、俺たちはなにも言わずにそっと布団の位置を変える。

そんな、最後の最後までヴィーさんに振り回されつつも、俺たちは四人並んで眠りにつくのであった。

第五章　淡い恋心

翌日、サクヤさんたちは仕事があるということで、俺たちは里をのんびり観光しながら過ごすことになった。

鬼神族の男たちも喧嘩ばかりしているわけではなく、ちゃんと仕事もしているらしい。

穏やかな気候とゆったりとした風が髪を揺らし、魚がはっきりと見えるほど澄んだ小川は太陽の光を反射して輝いている。

ただ歩いているだけで気持ちがよく、ゆったりとした時間を過ごしていた。

「あ、ジイだ！」

スノウが指さす方を見ると、顔面だけ出して地面に擬態しているジアース様がいた。

俺たちに見つかったことに気付くと、顔面から緑色の光を放ち、そのままずずーと地面の下へと消えていく。

「ねえアラタ、今のって……」

「気にしない気にしない」

俺は昨日も同じようなものを見ていたため気にならなかったが、普通に考えたらちょっと怖いかもしれない。

まあでも、そんなことよりレイナに嫌われる方が怖いか。

昨日の件は不可抗力だったということで水に流してくれたが、意識しないなんて不可能で、俺とレイナの距離は微妙に開いたままだ。

そんな中、昨日のヴィーさんの言葉を思い出す。

――ルナはルナ、ということだけ覚えておけ。

いつもと違う真剣な彼女の言葉。

当の本人であるルナは、スノウと一緒になってジアース様狩りを行っていた。

具体的に言うと、顔を出したジアース様をスノウとルナのどっちが先に踏むか、という遊び。

モグラ叩きみたいで楽しいのだろう。

「大精霊様って偉いのよね……いいのかしらあれ？」

「本人が楽しそうだから、いいんじゃないかな？」

まあ嫌なら、わざわざあんな風に何度も顔を出さないだろう。

どうせスノウと遊べて、グエン様よりリードしてるとか考えているに違いない。

アールヴの人が見たら顔面蒼白になりそうな光景だけど、それは本人に解決してもらおう。

「あ、そうだアラタ。サクヤさんが相談があるそうよ」

「相談？」

「ええ。内容は私も聞いてるけど、本人が直接話したいんだって」

「ん、了解。サクヤさんには色々とお世話になってるし、出来るだけなんとかしたいね」

そうして里を歩いていると、ギュエスが農業に精を出していた。

なんというか、厳《いか》つい男が身体を丸めて細かい作業をしているのはちょっとシュールで面白い。

「おーいギュエス！」

「ん？　おお、兄者か！」

俺に気付いたギュエスが、畑をノシノシと歩きながら近づいてきた。

ギュエスの他にもう一人、見覚えのある鬼神族の青年――ロマンも俺に気付いたが、そのまま畑作業を続けている。

「お疲れ様」

「はっはっは！　この程度で疲れるほど柔《やわ》な鍛え方はしておらんとも！」

この程度、というかギュエスが担当している畑はかなり広大に見える。

これをロマンと二人で管理しているとしたら、相当な負担だろう。

というか、ギュエスがやってきて彼一人でやってるけどいいのかあれ？

「ロマン一人で残ってるけど」

「うむ！　丁度キリのいいところだから休憩だ！　あやつは真面目すぎるが、そのうち勝手に休むだろう」

「そういうものなんだ……あ！」

いつの間にか、スノウが畑の中に入っている。

俺の家の周りでもレイナが野菜畑を管理しているが、これだけ大きいのは初めてだからかスノウが不思議そうに見渡していた。

これが普通の子どもだったら問題ないが、スノウは氷の大精霊。

あの子が少し力を使ったら、せっかく育てた野菜が駄目になってしまうかもしれない。

「私が行ってくるわ」

「ルナも行ってくるね」

「うん、二人ともお願い」

一人で走って行ってしまうスノウを追いかけて二人も畑に入る。

残っていたロマンも、さすがに無視するわけにはいかないと思ったのか、立ち上がってスノウの方へと向かって行った。

「ごめん。なんか邪魔しちゃってるよね」

「なに、子どものすることを怒るほど狭量な者は鬼神族にはおらんよ」

そう笑顔で答えた通り、スノウの傍にやってきたロマンは、そのままなにかを教えている。

追いついたレイナたちにも同じように説明し、どうやら農業体験をさせてあげるらしい。

「そういえばロマンって、みんなのお兄さんって感じだもんね」

「うむ。力は弱いが芯のある男だからな。みな頼りにしている」

みんなでワイワイと楽しそうにしているのを見守っていると、ギュエスが真剣な声を出す。

「実は兄者に相談があるのだ」

「ん？　珍しいね」

鬼神族にしても、古代龍族にしても、自分たちの種族の強さに誇りを持っているからか、なんでも自力で解決したがる。

グラムとギュエスは特にその傾向が強く、相談されるのは初めての経験だった。

「……サクヤのことでな。どうやら、好きな男がいるらしい」

「へぇ……」

昨日の席では気付いた様子は欠片《かけら》もないと思ったが、そんなことはなかったらしい。

とはいえ、俺がそれを知っているのもおかしな話なので、知らない振りをした。

「サクヤは妹だが、赤子のころから我が育ててきたゆえ、娘のようにも思っておる」

「うん……」

「だからこそ、あの子が幸せになれる男に嫁がせたいと思う」

ギュエスはまだ若いが、真剣な姿はまるで老練な雰囲気。

それだけサクヤさんのことを大切に思っているのだろう。

「鬼神族の女は強い男に嫁ぐことが幸せだ。だからこそ、我より強い男であって欲しいが……」

ギュエスが空を見上げると、番《つがい》の鳥たちがお互いに甘えるように飛んでいた。

「今の鬼神族の里において、我より強い男はおらん」

「まあ、そうだろうね」

単純に、ギュエスが一人だけ始祖の名を受け継いでいるから、ではない。

その前から彼は鬼神族の若手のトップとして活動し、古代龍族と戦ってきた。

つまり、彼は若手の中でも最強で、自分より強い男に嫁がせたいという願いは叶わないことになる。

とはいえ、俺としては強さよりも相手のことを好きかどうかで決めればいいと思う。

サクヤさんだって大切なのは愛することだと言っていたし、彼女にとって強さが絶対ではないのだろう。

好きな人がいるってわかってるなら、素直にそれを祝福してあげれば——。

「だがしかし！　そんな中で我より強い男が現れた！」

「ん？」

「しかもどうやら、サクヤが好いている男らしい！」

「え？」

「そう、なにを隠そう、サクヤは兄者のことを想っている！」

「……」

突然のカミングアウトに、俺は一瞬固まって返事に困ってしまう。

というか、昨日が初対面なのにそんなことはありえないと思うのだが、どうやらギュエスの中では間違いないらしい。

「いちおう言うけど、俺とサクヤさんは昨日が初対面だよ？」

「ああ！　しかし兄者の凄さはサクヤにずっと語っていたからな。こうして直接出会い、兄者の強さを肌で感じて好きになるのは道理というものだ！」

「……まったく道理になってないんだよなぁ」

困惑する俺を置いて、ギュエスはまるでそれが真理のように言葉を続ける。

そして最初の話からどんどん脱線していき、いかに俺が凄いかと、妹のサクヤさんが出来の良い子かを語り始める始末。

「それでギュエス……相談っていうのは？」

「おお！　そうだった！　といっても、もうここまで言えば兄者も理解出来るのではないか？」

ニヤニヤと嬉しそうにしているが、俺はそれよりもギュエスの背後からゆっくりと近づいてくる紅い髪の少女の方が気になって仕方がない。

俺に語るのに夢中になっているせいで、ギュエスは全然気付いていないけど……とりあえず俺は首を横に振ってアイコンタクト。

――これ、ギュエスが勝手に言ってるだけだから。

「我の命より大事な妹であるが、兄者になら任せられる！　ゆえに――」

「なんだか面白そうな話をしているわね？」

「兄者、続きはまた家で、男同士二人っきりでどうだろうか？」

「もう遅いわ」

そうして、サクヤさんが好きなのは俺でないことを知っているレイナは、しっかりとそれを叩き込み始める。

――兄者でないなら誰が！　我より強い者でないと許さん！

ギュエスがそんなことを言っているが、サクヤさんの味方であるレイナは一蹴《いっしゅう》。

本当に大切に想っているなら、サクヤさんのことを信頼してあげなさい、とのこと。

「う、ううう……っ！　いくら姉者の言葉でも、それだけは聞けーん！」

「あ、ちょっと待ちなさい！」

レイナの言葉に耐えられなくなったギュエスが走り去ってしまう。

まあレイナの言葉もわかるんだけど……。

「ぱぱ！　おいも！」

顔も手も着物も泥だらけにしたスノウが、自慢げにサツマイモみたいな芋を俺に見せてくる。

あちゃー、と思うが、サクヤさんから着物は汚しても大丈夫と聞いてるから、まあいいか。

「すごいね」

「えへへー！　ルナおねえちゃんと一緒に掘ったの！」

スノウのふわふわな髪を撫でつつ、この子がいつか結婚すると言いだしたら、俺もギュエスみたいになっちゃうかもしれない。

これまで大切に育ててきた妹を、どこの馬の骨とも知れぬ相手に奪われるかもしれないと思えば、冷静ではいられないだろう。

「スノウは俺より強い男じゃないと結婚を認めないからなー」

「アラタ、なに言ってるのよ。スノウは結婚なんてしないわよ」

「……なるほどね」

珍しくレイナに突っ込みを入れたくなった。

人の振り見て我が振り直せ、と。

「スノウはね！　ぱぱとままとずっと一緒にいるー！」

「そうよね。ずっと一緒よ」

「わーい！」

こうしていると本物の母子だよなぁ、と思いつつ、ルナを見ると――。

「それー！」

「うぉぉ！　ルナさんすっげぇぇぇぇぇ！」

すごく大きな芋を引っ張り上げていて、ロマンが驚いているところだった。

それがおかしくて、俺たち三人は大笑いし、こんな日常に俺も幸せを感じるのであった。

◇

そして夜、再びギュエスが酒に負けて寝込んだころ、サクヤさんから相談を受けた。

「実は……古代龍族のグラム様のことが――」

それを聞いて、俺はどうしたものかなぁと頭を悩ませる。

だってギュエスの気持ちもよくわかっちゃうし……。

サクヤさんの想い人が古代龍族のグラムだった、というのは実は予想の範囲内だ。

範囲内だが、だからといって簡単に解決できる問題かというと、なかなか難しい。

「サクヤさんはいつからグラムのことを？」

「えと……実はずっと前に、助けて頂いたことがありまして……」

聞けば、まだサクヤさんが幼いころ、古代龍族との喧嘩を見学に行ったことがあるらしい。

ギュエスには付いてくるなと言われたが、そこは幼い子ども。

大好きな兄が自分に構ってくれないことに拗ねたサクラさんは、その言いつけを破り、そして流れ弾が飛んできた。

――おい、大丈夫か？

あわや大けがというところでグラムが助けてくれて、怖くて泣いていると頭を撫でてくれたという。

そしてそれ以来、ずっと懸想《けそう》しているとのこと。

「へぇぇぇ……」

「ううう……恥ずかしい……」

サクヤさんのコイバナにレイナが嬉しそうな反応をする。

まあたしかに、女性が好きそうなシチュエーションだ。というか、男でもやってみたいシチュエーションである。

それが幼い頃であれば、まるで白馬の王子様に見えたんじゃないかな。

サクヤさんはそれ以来、ギュエスが戻るたびにグラムのことを聞いていたらしい。

「お兄様のお話を聞いて、想いがどんどん溢れてきてしまいました……」

グラムは古代龍族の中でもトップクラスの実力者。

真正面から戦えるのはギュエスだけということもあり、一番身近で話を聞ける相手でもある。

妹が己の武勇伝を聞きたいのだろうと思い、気分よく話していたギュエス……うん、まあ仕方ない。

「ですが兄は、絶対に認めてくれないと思うのです」

「あの二人の仲だと、そうよねぇ……」

「ええ……だからこの想いは胸に秘めて――」

「そうかな？　案外認めてくれると思うけど」

俺がそう言うと、二人が不思議そうな顔をする。

「どうしてそう思うの？　アラタだって、二人の仲が悪いのは知ってるでしょ？」

「いや、別に仲が悪いとは思わないけど」

「えぇ……」

確かに、あの二人は顔を合わせれば罵倒し合うような関係だ。

だがそれは、相手を対等と思っているからだと思う。

「認め合っているからこそ、負けたくないって想いが強いんじゃないかな」

「私にはよくわからないわ」

「あの……本当に兄はグラム様を認めているのでしょうか？」

「うん。だから諦めなくてもいいと思いますよ」

その瞬間、サクヤさんの顔がパァと明るくなる。

嬉しそうに、そして恥ずかしそうに。

それはとても魅力的で、もしこの顔を見たらグラムだって一瞬で落ちてしまうだろう。

「いけるわよサクヤさん！」

「ああ、今日は相談させて頂けて良かったです」

嬉しそうにしている二人だが、俺は色々と問題が頭に浮かんでしまった。

「ただ、他にも問題はいくつかあるよね……」

正直、ギュエスが認めてくれるかどうかなど、最初の関門でしかない。

「まずグラムの気持ち」

「サクヤさんはこんなに素敵なんだもの！　絶対に大丈夫よ！」

「なるほど……レイナって意外とこういうことにはポンコツだね」

「ぽん……こつ？」

俺のどストレートな言葉にレイナが目を丸くして固まってしまった。

「いや、つい……」

「つい？　本音ってこと？」

その言葉に俺は視線を逸らす。

なんでもできる彼女だが、どうやらこうした恋愛の機微には疎いらしい。

そういえばティルテュも、恋愛ごとはマーリンさんに相談してレイナにはいかないけど、本能的に察していたのかもしれない。

「グラムの気持ちだけど……そもそもグラムはサクヤさんのことを知ってるのかな？」

「えと……」

「それで、そのあとは古代龍族と鬼神族の喧嘩を見に行っていないんだよね」

「……はい」

そうなると、グラムがサクヤさんのことを知っているとは思えないなぁ。

ギュエスや他の鬼神族の面々が言うとも思えないし……。

「サクヤさんにとっては劇的な出会いでも、グラムにとっては普通のことだったのかもしれない」

「サクヤさんが運命を感じたんだもの。グラムだって一目で運命を感じたかもしれないじゃない！」

とりあえず、レイナの言葉はいったん無視しよう。

「だからまず、そっちじゃないかな」

「グラム様に、知って頂く？」

「うん。それでグラムにもサクヤさんのことを恋人にしたいって思ってもらわないと、なにも始まらないからね」

とはいえ、問題はまだまだある。

そもそも他種族との恋愛を、この鬼神族はどう思っているのか。

古代龍族はティルテュを見る限り、気にした様子はないけど……。

「ってあれ？　そういえばもし古代龍族と鬼神族が結婚したら、子どもはどっちで育てることになるの？」

この島は広いとはいえ、せいぜい北海道くらい。

他種族同士の恋愛も今回が初めてではないのであれば、他にも同じような人がいるはずだ。

「生まれてくるときに、始祖様の力をより強く受け継いだ方で育てます」

「それってわかるものなんだ」

「はい。なので、もし私とグラム様が、その……子を授かったとしたら、受け継いだ始祖様側の里で育てることに」

「へぇ……」

ということは、神獣族の里にもほかの種族の人がいたのかな？

見た記憶はあんまりないけど……。

「子どもがある程度成長すると、親は自分の里に戻るので」

「ああ、なるほど」

そうなると、たしかに残る人はだいぶ少なくなりそうだ。

どの里も子どもがたくさんいるわけじゃないし、そもそも簡単には死なない種族ばかり。

寿命も人間とは比べものにならないくらい長いし、子孫を残すという本能は薄いのかもしれない。

「まあそれなら、異種族同士での恋愛も問題なさそうだね」

「……はい」

「ちなみに、過去に古代龍族と鬼神族の恋愛ってあった？」

「私の知っている限りでは、なかったと思います」

もともと犬猿の仲、と聞いている。

実態はまた違ったわけだが、それでも今の雰囲気的に恋愛が歓迎されてないのはたしかだ。

「まあでも、何事にも初めてはあるからね。そこは気にせずいこう」

「はい！」

ということで、やるべきことは決まった。

まず、サクヤさんとグラムを会わせる。

俺を通しての紹介だから、サクヤさんを無下にするようなことはないだろう。

ただ念のため、先入観を無くすために、グラムにはギュエスの妹であることは黙っておいた方がいいかな。

その後は二人次第。

交流を深めるきっかけは作る。

だけどそれ以上他人がどうこうするのは違うからね。

「と、いうことでどう？」

「ありがとうございます！」

「いやいや、これも俺の夢のためだから」

「夢、ですか？」

サクヤさんの疑問に、俺は自信満々に答える。

「うん。この島の全種族を巻き込んだ、大宴会をすること」

「まあ……それは、素敵な夢ですね」

「ありがとう」

そのためには、古代龍族と鬼神族の協力も必要になってくる。

もしグラムとサクヤさんがうまくいったら、俺の夢にまた一歩近づくことになるんだ。

「というわけで、良かったらそのときは協力してね」

「もちろんです」

そう考えると、今回の作戦は俺の夢のためにも重要なミッションじゃないか。

余計なことをする気はないが、それでもぜひ成功してほしい。

「それじゃあ、頑張ろうか」

「はい！」

そうして俺たちは次に、サクヤさんとグラムを会わせる作戦を練り始めた。

ときどきレイナが、どこかの本で読んだような知識をドヤ顔で披露しているのを俺は生暖かい目で見る。

そうして夜が更け、さらに一日鬼神族の里でのんびり過ごした翌朝。

「……」

「……」

俺が目を覚ますと、金髪の美女が添い寝をしていて、固まることしか出来なかった。

第六章　ルナの先祖

目を覚ますと、とんでもない美女が俺の目の前にいた。

夢か？　と一瞬思うが、その割にはずいぶんとリアル。

「うーん……」

「……」

もぞもぞと動くと、布団が剥がれて全身があらわになる。

グラマラスな身体に子ども用の浴衣を着ているのだが、まったくサイズが合っておらず、全身をかろうじて隠している程度。

ちなみに、昨日までこの位置にいたのはルナだ。

そしてこの美女はルナと同じ金髪で、同じ浴衣を着ていた。

つまり、この女性は……まさか。

「むにゃ……あ、おにいちゃん。おはよー」

「……ルナ？」

「ん？　ルナだよ？」

「その姿は、いったい……」

「姿？　……んー？」

俺の言葉にルナが自分の身体を見下ろす。

これまでの幼児体型とは異なる、完全に大人のグラマラスな身体。

「……？」

もぞもぞと布団から立ち上がり、ほとんど隠れていない自分の身体をもう一度見下ろす。

前、後ろ、くるくる回りながら、不思議そうに首をかしげて――。

「しっぽが大きくなってる！」

「そこじゃないんじゃないかな！」

あまりにも能天気なその言葉に、ああこの子はルナだ、とある意味ほっとするのであった。

◇

状況が状況なので、俺がサクヤさんを呼びに行っている間に、ルナには着替えてもらう。

そうしてようやく目のやり場に困る状況が解消されたところで、事情を確認することになった。

「それで、大きくなったことに心当たりは？」

「わかんない！」

「そっか」

満面の笑みを浮かべる美女、のルナ。

見慣れない姿すぎて俺はどうしたものかと頭を悩ませる。

突然大きくなったルナにスノウは喜んでいたが、これが良いことなのか悪いことなのか判断が付かない。

サクヤさんも、聞いたことがないとのことだったので、とりあえずスノウの相手を任せていたのだが――。

「ねえねえ、ルナもスノウたちと遊んできていい？」

「うーん……」

「とりあえず、いいんじゃない？」

「まあ、考えてもわからないか……うん、いいよ」

「わーい！」

ルナが喜びながら出ていくのだが、大人の女性が子どもの動きをしているせいかどうしても違和感が……。

「やっぱり、慣れないなぁ」

「そうね……ところでアラタ」

「ん？」

「さっき、ずいぶんとルナのこと見てなかったかしら？」

その言葉に、俺は目を逸らす。

一応言い訳をしたいのだが、決していやらしい目で見ていたわけではないのだ。

ただどうしても男の本能というか、いろんな理由で目を奪われてしまうことってあると思う。

「まあいいけど……それで、どうしたらいいと思う？」

「レイナの知識にも、ああいう事例は他にないの？」

「魔法使いが魔力で寿命を延ばしたり、見た目を若く見せたりは出来るけど……あんな風に急成長するのは初めて見たわ」

「そっかぁ」

レイナがわからないなら俺にわかるはずがない。

とりあえず、一度神獣族の里に帰って、スザクさんやエルガたちに話を聞きに行くしかないか。

「幸い、本人は楽しんでるみたいだし」

「ええ。害はないっぽいのが救いね」

子どものときと同じようにスノウと遊び、サクヤさんがそれを少し遠くから見守る光景。

とても穏やかで優しい空気なのになぁ……。

「というか、ヴィーさんが言ってたのはこれか」

――決して悪いことばかりではない。ただそうだな……ルナはルナ、ということだけ覚えておけ。

たしかに彼女はそう言った。

つまり、こうなることを知っていたわけだ。

悪いことばかりでないと言うならそれを信じていいと思う。

「本当に問題があるなら、ルナのことを可愛がっているヴィーさんがなにもしないわけないし、しばらくは大丈夫だと思う」

「ええ。しかし、あの人もわかってたなら先に教えてくれたら良かったのに！」

「ははは……」

まあ、あえて教えなかったということは、どうせまた遠見の魔法かなにかでこっちのことを見て笑っていたのだろう。

あの人はそういう人だし。

「さ、それじゃあそろそろ行こうか」

鬼神族の里にいる間に着ていた着物から普段の恰好に。

ルナはサイズが合わなくなってしまったので、サクヤさんからオレンジ色の着物を受けとって着替えている。

「それじゃあサクヤさん、お世話になりました」

「こちらこそ、とても楽しかったです……それに、希望も頂きました」

ギュエスにバレないようにグラムと引き合わせるなら、喧嘩のときは駄目だろう。

かといってサクヤさんも普段は仕事があるので、すぐに出てくることは難しいが、そのうち偶然を装って会わせることは出来る。

「今度は、サクヤさんがこっちに遊びに来てね」

「すぐには難しいけど、グラムと引き合わせる機会を作るから」

「はい、そのときは是非」

そんな約束をして、俺たちが家から出ようとしたら、どかどかと遠くからギュエスと――。

「なんかたくさん来たー！」

「我ら鬼神族一同、盛大に見送りさせて頂きたく参上した！」

鬼神族の若手の面々が一斉にやってきて、なぜか二列に整列して道を作り、頭を下げる。

「兄者、姉者！　今回は我の頼みを聞いて里までご足労下さり、誠に感謝する！」

「「ありがとうございます!!」」

いやなんか、ヤクザみたいで怖いんだけど。

「おー……」

スノウがなんだか興味深そうに見ているが、頼むから変な影響受けないでくれよ。

あと君ら、ルナがこんな風になったの全然気にしないんだね……。

あ、そうだ……。

「ねえギュエス」

「なんだ兄者!?」

「今回俺って、ギュエスの頼みを聞いてここまで来たわけだけど、実は俺もギュエスに頼みがあるんだ」

「おお……」

なんで頼みがあるってだけで感極まったような表情するの？

いや、というか遊びに来ていて頼みを聞いたって言う俺もどうかと思うけど……。

「兄者の頼みならなんでも聞こう！」

「本当？　ならまた時期が来たら伝えるから、そのときはよろしくね」

「おう、任せろ！　我が始祖の名に誓って、全力で対応させてもらうぞ！」

よし、言質《げんち》取った。

俺の言いたいことを全く理解していないギュエスには悪いが、これもお世話になったサクヤさんのため。

といっても、本当にギュエスが納得できないことをするつもりはない。

ただ、いざというときの後押しになればいい、と思う。

サクヤさんを見ると、彼女も俺の言いたいことを理解したのか、少し嬉しそうにしている。

「よし、それじゃあ行こっか」

「ええ」

「うん！」

「ぱぱ！　頭乗せて！」

「はいはい」

スノウを肩車して、俺たちは鬼神族のみんなが並んだ道を通り、そして里の外へと出ていく。

「楽しかったー！　またこようね！」

「うん、そうだね」

どうやら頭の上のお姫様も大満足のようだ。

俺も日本を思い出させてくれるこの場所はとても居心地が良く、と思ったところでふと自分が変わったことを思い出す。

もともと俺は、日本での生活が嫌いだった。

この島に来たときも、日本を思い出したくないとずっと思っていたものだ。

それが今は、こうして懐かしさを感じている。

「……それだけ、今の生活を気に入ってるってことかな」

心の余裕がなかった昔とは、違うのだ。

それがなんとなく嬉しく思え、頭の上にいるスノウのほっぺをつついてみる。

スノウはきゃっきゃと楽しそうに笑い、俺の頭をぽんぽん叩いてきた。

こんなちょっとしたじゃれあい一つが、とても楽しい。

「まあ、それはそれとして……」

そして俺の前を歩く、本物のお姫様みたいな美女。

まあルナなわけだが、彼女のトラブルこそあったものの、交流も深められたし楽しい旅だった。

「それじゃあ一旦、神獣族の里に向かうってことでいいかな？」

「いいよー！　あ、せっかくだからクルルとガルルにも会ってね！」

「ああ、そういえば最近会ってなかったね」

あのチビ狼たちは遊びに来る機会が減っていた。

なんでもちょっと成長して、本能が強くなってきちゃったからしつけが必要だそうだ。

「今はエルガが面倒見てくれてるから、ルナもちょっと会えてないんだよね……」

「そっか。俺もエルガにお願いするから、一緒に会おうね」

「うん！」

身体が大きくなっても、ルナはルナ。

ヴィーさんの言葉だけど、俺もそう思うし、態度を変える必要なんてない。

そうして神獣族の里に着いて、ルナに案内されてクルルたちのもとへ向かうと——。

「クルルー！」

「がるるー！」

「あ、お前ら勝手に行くんじゃねぇ！」

エルガの制止を聞かずに飛び出してきた二匹の狼。

「……なんか大きくない？」

「おー……」

俺の身体よりずっと大きくなった黒と白の狼を見て、スノウが驚いた声を出す。

そのまま飛びついてきた二匹を受け止めながら俺はルナを見て、なんでみんな大きくなるわけ？と思うのであった。

◇

クルルとガルルは、ルナが母親代わりをしているブラッディウルフの子どもたちだ。

もともと俺の膝に二匹乗っても全然平気なくらいの大きさだったはずだが、今は俺の身体くらいある。

しかし甘えん坊なのは変わらないのか、今も俺の顔をペロペロと舐めようとしてくるので、必死に押さえている状況。

「というか、この間会ったときはまだ子狼《こおおかみ》だったよね!?」

とりあえず事情を説明すると言われ、エルガたちの家に入る。

なにげに彼の家に入るのは初めてなのだが、特に贅沢はしないタイプなのだろう。物が少なく、中央に置かれた火鉢はテレビでしか見たことのないものだ。

俺の横にレイナが座り、正面にはエルガ。

リビアさんは外出中で、ルナとスノウは外で大きくなったクルルたちと遊んでいる。

「それで、なんであんなに大きくなったのかしら？」

「まあ、成長期だからな……」

「成長期って……」

ルナといい、クルルたちといい、この島の生態はどうなっているんだろうか？

なんて俺たちが微妙な表情をしているからだろう、エルガがやや気まずそうな顔をする。

「いや悪い、冗談だ。あいつらはもうルナと契約してるから、それに引っ張られた感じだ」

「契約？」

この島に来てから初めて聞いた言葉に、つい聞き返してしまう。

「ああ、主従契約。お互いの同意があれば出来るし、あいつらは仲が良いからよ」

「へぇ……」

「魔物は普通の動物と違って、本能で襲い掛かってくるの。たとえ子どもの頃から育てても懐くことはないんだけど、契約した魔物はその本能から解き放たれるのよ」

「なるほど」

クルルたちはルナと契約しているから、あんなに人懐っこかったのか。

しかし契約と聞くと、ついゲームみたいだなと思う。

「まあだから、悪影響はねえよ」

「そう……なら良かったけど……」

レイナがなにか言いたげなのは、ルナのことだろう。

エルガの口ぶりでは、何かを知ってそうだけど……。

「ルナがでかくなった理由か？」

「うん。寝て起きたらいきなりあの状態で、びっくりしたんだけど」

「はは、そりゃ驚くよな」

軽い調子で笑うが、こっちは心臓が止まるかと思ったのだ。

とはいえ、エルガはまるで心配した様子がない。

「結局、ルナは大丈夫なの？」

「ああ。ありゃ先祖の名を知って急激に魔力が増えたからだ。一日もしたら戻るぜ」

「あ、そうなんだ」

「良かったわ……」

俺とレイナは同時に息を吐《つ》く。

本人が元気とはいえ、なにか問題があったんじゃないかと心配したのだ。

「むしろ目出度いことだ。それに、ルナには内緒だがもうあいつのための宴《うたげ》を準備中だしよ」

「ん？　ってことはみんなこのタイミングでルナが先祖の名前を知るってわかってたの？」

「ああ」

だからエルガもここ最近は忙しそうにバタバタしてたのか。

とはいえ、神獣族にとって先祖の名前を知るのは、成人になった証であり大きなイベント。

それが自分が娘のように可愛がっている子のことともなれば、彼が気合を入れるのもわかるというものだ。

「それじゃあ、俺たちもルナのことを祝ってあげないとだね」

「ええ、もちろんよ」

そうと決まればさっそくなにかプレゼントでも用意しよう、と思ったが、彼女が欲しいものなんて食べ物以外に思いつかない。

出来れば記念に残るものがいいと思うんだけど……。

「なにがいいかな？」

「そうねぇ……」

二人で考え込むが、中々いいアイデアが思い浮かばない。

どうしたものかと思っていると、エルガが妙に優し気な表情で俺たちを見ていた。

「悪いな。宴はババアが戻ってきてからだからよ」

「あ、それならまだ時間があるわね」

「あの子が喜ぶもの……ご飯？」

「あはは……俺もそう思ったけど、出来れば記念に残るものを、ね」

「どうせなに貰ったって喜ぶから、あんまり気負わず適当に考えてくれたらいいぜ」

外を見れば、ルナとスノウがそれぞれ大きくなったクルルとガルルに乗って駆け回っていた。

なんというか、その自由な光景を見るとうずうずしてくる。

「俺もあとで乗せてもらおうかな」

「私も……」

正直、かなり楽しそうだった。

◇

しばらく遊んだあと、エルガに呼ばれたのでみんなで向かう。

「なにー？」

「おいルナ、お前遊びすぎだってての」

「ええー、いーじゃん」

身体が大きくなっても、ルナはルナ。

エルガも見た目が変わっても気にした様子はなく、いつも通りの対応だ。

「ったく……で、お前の先祖はなんだった？」

エルガによると、神獣族は先祖の名前を知れば自然と魂に刻まれてわかるようになるという。

先祖の経験してきたすべてを知るため、人によっては結構苦しむらしいが、今のところルナにその様子は見られなかった。

「わかんない！」

「そうか、ワカンナイか……聞いたことねぇがどんな神獣だ？」

「だから、わかんないってば！」

「……」

「……？」

エルガが固まり、ルナは不思議そうに首をかしげる。

「神獣ワカンナイ……想像も出来ねぇな」

「いやエルガ、わかんないって、わからないって意味だよ」

認めたくないのか、エルガは頑《かたく》なに神獣ワカンナイを実在のものにしようとする。

しかしそもそも、起きた時点でしっぽが大きくなってるとか言うくらいだ。

先祖の記憶など引き継いでいないのは、明白だった。

「そ、そんなはずはねぇ！　現にルナは先祖の力を……おいルナ。お前なんか変わったことないか？」

「しっぽが大きくなったよ！」

「そうか……」

エルガが急に遠い目をする。

どうやら現実を認め始めたらしい。

エルガの言葉が真実なら、先祖の名によって強くなるのだろう。

しかし俺に言わせれば、たしかに魔力は増えた感じはするが、見た目以外に極端な変化はなかった。

「どうしたもんかねぇ……」

「なにかまずいの？」

「いや、俺も経験のないことだからな。そもそも悪いことなのかもわかんねぇ」

ルナを見ると、もうこの場にいることに飽き始めているのかそわそわしている。

「ねえルナ、本当に大丈夫なの？」

「お兄ちゃんも？　ちょっと身体と尻尾が大きくなっただけだよー」

何度も同じことを聞かれてうんざりしているのだろう。

もう行ってもいい？　という目で見てくるので頷くと、クルルたちと遊びに行ってしまった。

「あ、スノウもー！」

そしてガルルに乗って行くスノウ。

可愛いんだけど、可愛いんだけど……！

「まいった……とりあえず様子見するしかねぇか」

「スザクさんならなにか知ってるかもだもんね」

「ああ……長老は明後日帰ってくるらしいし、聞いてみるわ」

「ん、了解。とりあえず、ルナの身体は明日には戻るんだよね」

「普通ならな」

今の時点で普通からかけ離れているからだろう。

エルガももう自信なさげだ。

「ねえエルガ。今日は泊めてもらっても構わないかしら？」

レイナもルナのことが心配なのだろう。

その提案に、エルガは頷き、俺たちは神獣族の里に泊まらせてもらうことになった。

そして翌朝。

「わーい！　お兄ちゃんたち、おっはよー！」

俺たちが自分の家に泊まっていることが嬉しいのだろう。

いつも通り元気な声で、俺たちを起こしてくれたルナは――。

「うん、昨日と一緒だね」

「……変わってないわね」

相変わらず、成長した姿で子どものような動きだ。

「マジか……」

「あらあら」

少し離れたところでは、エルガとリビアさんが困ったような顔をしている。

しかし本人は気にした様子もなく、ただただ笑顔だった。

「とりあえず長老が戻ってきたら、過去に似たようなことがあったか確認してみるしかねぇな」

困ったような、呆れたような表情でエルガは言う。

ルナを見れば、今日も今日とてクルルたちやスノウと一緒に遊んでいる。

元気いっぱいで楽しそうで、問題はなさそうだ。

古くからずっと生きているスザクさんであれば、なにか知っているだろう。

ルナが子どもの姿に戻らない理由を探すのは一旦諦めて、俺たちは日常に戻ることにした。

第七章　ティルテュの成長

数日間空けていた家に帰り部屋に戻ると、俺のベッドでティルテュが丸くなって眠っていた。

掛布団をけり落とし、おなかを出した状態で、むにゃむにゃと寝言を言いながら実に気持ちのいい昼寝っぷりである。

この子がずっと家にいてくれたおかげで、この辺りに魔物が寄り付かなくなり、安全地帯となっていたので、感謝しかない。

「ありがとうね、ティルテュ」

「んー……」

ベッドに座り、ティルテュの髪の毛を撫でてあげる。

普段から頭を撫でろと要求されるので、感謝の気持ちだ。

しばらくそうしていると、窓から差し込む太陽の光が当たったからか、ティルテュの目がうっすらと開く。

「……だんなさま？」

「うん。ただいまティルテュ」

俺がそう言った瞬間、彼女が目を大きく見開く。

そしてベッドから起き上がると、そのまま嬉しそうに抱き着いてきた。

「旦那様旦那様旦那様ー！」

甘えるように頭をグリグリ押し付けてくるのは、寂しかったからだろう。

こんなところはまだまだ子どもだなぁ、と思いつつも、こうして慕ってくれることを嬉しく思うし、素直に受け入れた。

しばらくして、落ち着いたティルテュと一緒にリビングに行くと、スノウがレイナと一緒に積み木で遊んでいる。

ちなみにこの積み木は、俺とレイナのお手製だ。

「あっ！」

「っ――!?」

ティルテュに気付いたスノウが、嬉しそうに顔をほころばせた。

この後に起こることに気付いたのだろう、ティルテュが顔を引き攣《つ》らせて背を向ける。

「ティルテュちゃん、だぁあああぁ！」

「ぬわー!?」

ガラガラガラー、と積み上げた積み木が盛大に崩れるが、スノウは気にしない。

両手を前に出し、全力で背中を向けたティルテュにダイブ、そしてくっついた。

「ティルテュちゃんティルテュちゃんティルテュちゃん！」

全力でティルテュに頭をこすりつけるスノウ。

なんだかデジャブを感じるなぁ……。

「本当にスノウはティルテュのこと好きねぇ」

「あはは、積み木をほったらかしにしちゃったね」

「まったく。ちゃんと自分で遊んだおもちゃは自分で片づけるように教えないと」

そう言いながら、さっきまで一緒に遊んでいたレイナは、積み木をスノウのおもちゃ箱に入れていく。

それを手伝いながら、絡み合うスノウたちを見守った。

「お、おいスノウ！　わかった！　わかったし我は離れないからちょっと落ち着くのだ！　興奮したらなんかちょっと冷たくなってきて……」

「ひーさーしーぶーりー！」

「ぴぎゃー！」

テンションが上がりすぎて自分の力を制御できなくなったスノウのせいで、ティルテュが悲鳴を上げる。

ちょっとかわいそうだけど、これも愛情表現だから我慢してもらおう。

◇

散々ティルテュと遊んだからか、スノウも疲れて眠ってしまった。

そしてようやく解放されたティルテュは、ソファでぐったりした様子。

「ひ、ひどい目にあった……」

「あれも愛情表現だから許してあげてね」

「む、むぅ……それはわかっている。だが、旦那様たちももう少し大人しくするように言って欲しいのだ……」

「あはは……」

あいまいに笑っていると、ティルテュがジトーと見てきた。

言っても聞かないくらい大好きだから、諦めて欲しいな。

「ティルテュ、今回はありがとうね」

「む？　気にするな。我と旦那様の仲ではないか！」

そうは言うが、今回はティルテュのおかげで鬼神族の里まで遊びに行くことが出来た。

レイナとも、なにかお礼をしないといけないなと話していたところだ。

「なにかして欲しいことない？」

「……なら」

俺の言葉にティルテュはなにかを言いかけ、しかしそっと顔を背けて言葉を止めてしまう。

「ティルテュ？」

「む、むむむ……」

どうしたんだろう？　と待ってみるも中々こっちを向かない。

しばらくして、意を決したように勢いよく振り向くと――。

「わ、我とデートをするのだぁ！」

大きな声で、恥ずかしそうにそう言いきった。

◇

今日はまだ暗くなるまで時間がある。

そしてティルテュと俺が二人だけで遊んだなんてスノウにばれたら、全力で甘えてくるか泣くか、どちらにしても俺たちの被害は甚大になるだろう。

というわけで、眠っている今のうちに出かけることになった。

「それじゃあ行ってくるね」

「ええ、行ってらっしゃい」

　レイナに見送られて、木漏れ日が差し込む森の中を並んで歩く。

　昨日はルナの件でバタバタしていたが、やっぱりこうしてのんびり過ごすのが一番いいな。

「なんだか余裕があったなぁレイナ……いや、だがマーリンも勝利はチャンスをモノにした者にだけ手に入ると言っていたのだ。わ、我もこのチャンスをモノにするぞー」

　俺に聞こえないようにぶつぶつ呟くティルテュ。

　まあ、聞こえているのだけど、聞こえなかったことにしてあげた方がいいだろう。

「そういえば、ティルテュは留守番してくれていた間、なにしてたの？」

「旦那様の家に魔物が近づかないよう魔力でマーキングをしたり、マーリンと勉強会をしたりだな」

「勉強会？」

「我とマーリンの、女を磨く会だ！」

「そ、そっか」

　それには踏み込まない方がいいな、と直感が働いた。

　そうして一つ一つ、ティルテュはやっていたことを指を折りながら話す。

「あとはゼロスと一緒に狩りに行ったり、マーリンの修行を手伝ったり……」

「いろんなことしてるね。ちなみに修行ってどんなことしたの？」

「とりあえずこの島の魔物を適当に集めて、二人を囲んでみたのだ」

「……」

俺は青ざめた顔で怯えながら、七天大魔導を舐めるなと必死に叫んでいる二人を想像する。

多分間違ってないな。

それにしても……。

「楽しかった？」

「うむ！　ゼロスもマーリンも、好《い》いやつだからな！」

「そっか」

この島に来たとき、ティルテュは友達がいないボッチドラゴンだった。

しかし今は色んな人と交流を深めていて、もう誰も彼女のことをボチドラなんて呼ぶことはないだろう。

「旦那様たちはどんなことをしたのだ!?」

「そうだね」

そして俺は、ティルテュに鬼神族の里での出来事などを話していく。

温泉を楽しんだこと。

みんなで着物を着たこと。

さすがにヴィーさんのせいで混浴したことは避けたが……。

「おお、楽しそうだな……」

「それなら、今度はティルテュも一緒に行こ」

「……だが、古代龍族は鬼神族と仲が悪いから」

「うーん……」

そうは言うが、以前と違い最近は喧嘩が終わった後、協力して俺を倒そうとするし、そんな感じに見えないいんだよなぁ。

なんというか、喧嘩するほど仲がいい、をそのまま実践してるみたいな感じ。

それに、グラムのことを好きな鬼神族の少女もいる。

「サクヤさんは気にしないよ」

「ギュエスの妹だったか？」

「うん。むしろ歓迎してくれると思う」

「……なら、今度旦那様も一緒に行ってくれるか？」

「もちろん」

俺の言葉にパアっと明るい笑顔を見せてくれる。

こういうところが可愛いんだよなぁと思いつつ、俺たちは森を歩き続けるのであった。

そろそろ夕暮れ時だということもあり、暗くなる前に戻ろうと森から家に帰る途中。

最初は元気いっぱいだったティルテュが、どこか余所余所《よそ》しい雰囲気になる。

「よーし、言うぞー……我言うぞー」

「どうしたの？」

「っ――」

さっきから同じことを呟き、俺も待っているのだが、結局黙り込んでしまう。

こんなことを繰り返しながら、もうすぐ家に着く、という時――。

「だ、旦那様！」

「ん？」

今度こそ覚悟を決めたのか、ティルテュが声を上げる。

俺は振り向き、真剣な表情の彼女を見ながら、じっと待つ。

「あ、あれ……えと、その……なんて言ったらいいんだっけ……」

「ティルテュ、大丈夫だよ」

「え？」

「言いたいことがあるんでしょ。俺、ちゃんと待つから、ゆっくり話してごらん」

少し腰をかがめて、目線を彼女に合わせながらそう言うと、彼女はゴクリと喉を鳴らした。

未だに緊張した様子だが、先ほどと違い、今度はゆっくりと深呼吸をする。

そうして少し落ち着くと、口を開いた。

「わ、我……今日は家に帰りたくない」

「……？」

帰りたくないって、家に？

ティルテュの家は古代龍族の里にあって、一人で住んでいたはず。

ここ最近、ずっと俺の家に住んで守ってくれていたからか、俺たちと賑《にぎ》やかな一日を過ごして寂しくなったのかな。

「そっか、なら今日はうちに泊まるといいよ」

「……へ？」

「え？　だって家に帰りたくないんでしょ？」

「あ、いや、そうじゃなくて……マーリンが……」

「マーリンさん？」

「あ！　な、なんでもないのだ！」

なんで急にマーリンさんが出てくるんだろうと思ったが、最近仲のいい二人だ。

もしかしたら、留守番をしてくれていた間、一緒に寝たりとかしていたのかもしれない。

――あ、それで一人で寝るのが寂しいのか。

「だったら今夜は一緒にいようよ」

ティルテュならレイナの許可を得る必要もないだろう。

家にはティルテュ用の部屋もちゃんとあるし、この子が泊まったらスノウは大喜びするはずだ。

元気すぎて困るけど、可愛いからいいや。

「旦那様と一緒に……？」

「うん。あ、それとも久しぶりにテントで、みんなで寝る？」

たまにはそうしよう、と話してからまだ一度もやってなかった。

「おお……それは楽しそうだな！」

「だよね。じゃあ帰ったらレイナに相談してみよう」

とはいえ、今日はもう遅いし明日とかかな。

歩きながら森を出ると、三軒の家に明かりが灯っている。

大都会と異なり、星の光と火の光だけが照らしている森の中は、どこか幻想的で心地良い。

ふと、さっきのティルテュの様子が気になった。

「そういえば、さっきなにか言いかけてなかった？」

「……それはもういいのだ！」

彼女は歯を見せながら、笑顔で振り向く。

「だって、今日は旦那様が一緒に寝てくれるのだろう？」

そして家の方へと走っていき、それを俺はただゆっくりと追いかけるのであった。

◇

なんだかんだ、この島に住んでいるとトラブルに事欠かない。

ことの発端はティルテュを含めみんなと一緒に眠った翌日、身体が戻らないままのルナが家に遊びに来たことだった。

「やっほー！　遊びにきたよー！」

いつも通り、元気なルナの声。

成長しているためか少し大人っぽいが、それでも生来の無邪気さは残っている。

「……」

「あ、ティルテュ！」

そして成長したルナを見たティルテュは、その場で固まってしまう。

昨日のうちに事情を説明したとはいえ、実物を見たらまた違った、ということだろう。

「ティルテュ？」

「だ、誰だ貴様ぁぁぁー！」

そうして固まっているティルテュをルナが不思議そうに見ていると、再起動。

指をさし、ちょっと怒ったように叫ぶ。

「誰って、ルナだよ？」

「わ、わかっとるわ！　だがな、貴様それ、その身体！」

ティルテュが悔しそうにし、逆にルナはちょっと自慢気に身体を見せびらかす。

特に大きくなった見事な尻尾を、ふりふりと揺らしていた。

「えへへー。大人になっちゃった」

「ひ、一人だけ大人になって……ずるい！」

「あ、そこなんだ？」

ルナとティルテュの共通認識というか、俺としてはもっと心配するとか色々と考えてほしいことがあるんだけど……。

まあでも、そんな二人はちょっと子どもっぽくてちょっと微笑ましい。

そう思っていたのだが、突然ルナの背後に回ったティルテュが、その胸をいきなり摑《つか》み上げ、俺に見せつけるように強調させる。

「だって旦那様！　ルナのやつ、こんな、こんな……この胸！　レイナみたいになってる！」

「わ、わわわっ——!?」

「ちょ！　ティルテュそんなことやめてあげて——」

「ほらー！　旦那様もエッチな目で見てるではないかぁぁ！」

いや、見てない見てない。

ルナのことをそんな目で見るわけがないじゃないか。

と言いたいところだが、実際に今のルナは凄まじい美女だ。

それにスタイルも抜群で、ああも強調されるとさすがに、ね。

「う、ううー！」

どうやら俺が反応したことが不満らしい。

ティルテュはそのまま、着物の上からでもわかる細い腰まで手を下ろしていき——。

「それにこの身体のライン！　お、大人の女だ！　マーリンみたいだ！」

「えへへー」

「ず、ずるいぞ！」

どうやらルナはあまり気にした様子もなく、ただされるがままになっている。

新手の遊びとでも思っているのだろう。

だがしかし、その遊びは俺にはちょっと刺激が強い。

「む、むむむー！　我も！」

「え？」

「我も、大人になる！　大人になって旦那様をメロメロにするのだー！」

そう言って家から飛び出していく。

追いかけると、マーリンさんの家に入っていった。

「大人になるって、それでなんとかなるのかな？」

なんて思っていると、家の中からティルテュの声が聞こえてくる。

――頼むマーリン！　今すぐ我をナイスバディな大人にしてくれ！

――朝っぱらからいきなりなんの話⁉

――旦那様をメロメロにするのだ！

頼む！　無理！　そんな言葉の応酬が聞こえてしばらくすると、ティルテュがマーリンの家から追い出された。

落ち込んでトボトボと歩いてくる様子から、駄目だったのだろう。

そして悲しくなっちゃったのか、ちょっと涙目で抱き着いてくる。

「旦那様ー！　マーリンがやってくれなかったー！」

「まあ、そりゃそうだろうね」

いや、これはこれで可愛いんだけどさ……。

ちょっと俺も、最近の二人の関係がよくわからなくなってきた。

「女を泣かせるような男は良くないなぁ！」

「え？」

いきなり聞こえてきた声。

周囲を見渡してもどこにもいない、と思ったら俺の影からぬるりとヴィーさんが登場した。

「なあ、旦那様」

にやにやと、こちらをからかうような表情。

「なんでこんな時間に……まだ朝ですよ」

「なにを言う。お前が日の高いうちに来いと言ったんじゃないか」

「そうですけど……」

当たり前の話だが、吸血鬼は普段から夜に行動する。

ヴィーさんもその例に漏れない。

そんな彼女が朝に来るのは、なにか余計なことを思いついた時だからなぁ……。

まあ夜なら余計なことをしないかといえば、決してそんなことはないんだけど。

「ヴィーちゃんだ！　ねえ見て見て！　尻尾がおっきくなった！」

「おおルナ、立派になったなぁ。ふふ、タマモのやつを思い出す」

「タマモ？」

「貴様の先祖だよ。といっても、今フェニックスがスザクと名乗っているように、種族の名ではなく人の名だがな」

「おおー！　ルナの先祖はタマモ様なんだね！」

「中々面倒なやつだったぞ」

「へー！」

自身のルーツを知っているヴィーさんの言葉に、ルナのテンションが上がって尻尾をふりふりと動かす。

　面倒だった、については特に思うことはないのかスルーしてるけど――。

「さらっと先祖の名前出してきましたね」

「ん？　ああ、まああの時代を生きたやつはみんなあいつのことを知ってるからな。スザクだって最初からわかってたはずだ」

「そうなんですね。だったら、せめてエルガとかには先に言ってあげたら良かったのに……」

　ルナの先祖の名前がわからない、ってみんなで悩んだあの時間はなんだったのか。

「タマモのやつは少し、特殊だったからな……」

「特殊？」

「いや、なんでもない。しかし……本当によく似ている」

　ヴィーさんが少し懐かしそうに、言葉を紡ぐ。

　タマモと言えば、その美しさから昔の中国の王朝を滅ぼした……。

「そこまでだ」

「え？」

「今、想像しただろ？　だがそこでやめておいた方がいい」

　珍しく、ヴィーさんが真剣な顔で俺と向き合う。

「外の世界、いや貴様の世界か……そこでどのような存在だったかは知らんが、世界を跨ぐような存在を貴様が迂闊に想像するな」

「どういうこと？」

「幻想は、幻想のままでいいということさ」

いったいヴィーさんは何を言っているのだろう？

理解は出来ないが、話している内容はとても重要なことなんじゃないかと思ってしまう。

「理解出来んか？」

「うん」

「ならそのままでいい。この島は、これまでずっと止まっていた。それが動き出したのは、貴様が現れたからだ」

「……わざとわからないように言ってません？」

「その通り。わざとわからないように言ってるんだよ」

にやりと、いつものように人を小馬鹿にしたように笑った。

そんな彼女の態度に、俺は少し安心してしまう。

多分今ヴィーさんが話していることは、とても重要なことなんだろうけど、同時に聞かない方がいいことなんだと思う。

「さて、今日はそんな話をしに来たのではなかった」

ヴィーさんは俺からルナへ視線を向けて、一瞬なにか考えを巡らせる。

「ヴィーちゃん？」

「……いや、やはりこの機会を逃すのはもったいないな」

そうして視線をティルテュの方へと向ける。

その顔はいつもの悪戯を思いついたときと同じで、絶対に碌《ろく》なことにならないとわかった。

「おいバハムートのガキ」

「む、なんだ？　言っておくが、以前貴様に騙されたことを忘れてないからな！　旦那様がメロメロになるからって血を飲んだのに、変な風にぽわぽわして、すっごく恥ずかしかったのだぞ！」

「そんな昔のことは忘れたな」

ティルテュが言っているのはブラッドワインのことだろう。

俺の知らないやりとりだが、どんな風だったのかは想像がつく。

ティルテュはヴィーさんを警戒した様子で距離を取り、俺の方へと徐々に近づいてくる。

「大人になりたいのだろう？」

しかしヴィーさんがそう言った瞬間、ティルテュの足が止まった。

そして少し疑いのまなざしを残したまま呟く。

「……我、なれるのか？」

「私を誰だと思ってる」

「いやティルテュ、ヴィーさんはからかって楽しみたい人だから、言うことを聞くのはやめた方がいいって」

「おいアラタ、こっち向け」

「なんです――っ!?」

先ほどまで子ども体型だったはずのヴィーさんが、色気あふれる美女へと変身していた。

服装はかなりきわどく、胸元が大きく開いて足を晒した状態。

しかも隣にルナを置いて、着物の胸をはだけさせてこちらに見せつけるようにしている。

「あー！　旦那様また！」

「ち、違うから……これはそういうのじゃないから！」

というか、最近なんなんだ!?

この島に来てから、というかこの神様にこの強い身体を貰ってから俺は出来るだけそういうことを自制してきたはずなのに！

「ほぉれ、普段は必死に取り繕っているが、ちょっと煽《あお》ってやればこんなものだ」

「くっ――!?」

「まあわかるぞ。貴様はこれまで意識して必死に抑えてきたもんなぁ」

だが、とヴィーさんがにんまり笑う。

「一度外れたタガは、そう簡単には戻らんぞ」

くくく、と笑うヴィーさんは、ここ最近見た姿とはだいぶ違うものだった。

「……」

わかっている。

この島に来たときはレイナもルナも、みんな友人だった。

そしてそこから家族という関係になって、守らなきゃという気持ちが強くなった。

だけど最近は、違う感情がずっと芽生えている。

それは、守りたいというよりも自分のものにしたいという、独占欲。

「貴様の身体はたしかに無敵かもしれんがなぁ、精神まで無敵というわけではない、というのはこの間の風呂でわかった」

「くっ――」

「くくく、これからは……たぁっぷり弄《いじ》ってやろうじゃないか！」

まるで悪のラスボスのような雰囲気で、ろくでもないこと言うなこの人！

「というわけでバハムートのガキ、どうする？」

「うぐ……」

「今の弱ったアラタなら、私と協力すれば落とせるぞ」

「う、ぅぅぅ……」

「駄目だよティルテュ！　あの顔を見て！　滅茶苦茶悪い顔してるから！」

「見ての通り、大人の姿にだってなれるし、望むならこいつをお前のものにすることだって出来るんだがなぁ」

元のサイズに戻ったヴィーさんは、自分なら大きくも小さくもなれる、ということを実践しながら、悪魔の囁きを始める。

「……」

ふらふらと、ティルテュが徐々にヴィーさんに寄っていく。

――いや駄目だって！　そういうの良くない！

そう叫ぶが、まるで聞こえていないかのように反応がない。

もしかしてティルテュになにかした？　と思っていると脳に直接響くような声。

――くくく、うるさい貴様の周囲の空気を弄ってるだけだよ。

――無駄に高度なことしますね本当に！

たしかに俺に直接作用しない魔法なら効果があるだろう。

正直、ただの嫌がらせ以外の何物でもないけど！

身体の自由を奪われたわけではないのだから、ティルテュの腕さえつかめば……。

――おっと、そうはさせないぞ。

手を伸ばした俺の影から、黒い触手が素早く伸びてきて拘束する。

だが実体があるなら……。

触手を千切ろうと足を踏ん張ったら、今度は地面が柔らかくなって体勢が崩れてしまった。

そのせいで千切れず、それどころか影が色んな角度から全身を拘束し始める。

――く、そ。

触手は俺の動きに合わせて動き、そのせいで力が上手く入らない。

そのせいで影の触手が外れず、身動きが……。

ヴィーさんを見ればニマニマと笑っている。

そうこうしているうちに、ティルテュがヴィーさんの近くまでたどり着いてしまった。

「ふふふ、それでは貴様を大人にしてやろう」

「……」

先ほどまで聞こえなかった音が聞こえてくる。

そうしてヴィーさんがそっとティルテュの頭に触れようとした、その瞬間――。

「我は！　自分の力で旦那様をメロメロにするのだぁぁぁ！」

「っ――!?」

突然目の前で大声を出されて、ヴィーさんが驚き目を見開く。

同時に影の触手の拘束が弱まり、俺は抜け出すことが出来た。

「おいバハムート。貴様を大人にして、あいつをメロメロにさせてやろうと言ってるのだぞ？」

「うっ……でもそれは旦那様が困るのだろう！　だったら、我は我のままでいい！」

「……」

「……」

二人はにらみ合って動きが止まる。

「くはっ」

しかしそれは、まるで我慢できない、とばかりにヴィーさんが笑うことで動き出す。

ただそれは、今までの人をからかって楽しむような笑いとは違う、どこか不気味なもので――。

「そうかそうか！　貴様はそういう風に成長したのか！　ははは、なるほどな！」

「な、なんなのだ……？」

「いやいや、気にするな！　そうだな、この島はもう動き出したのだから、こういうこともあるか！　ああ、いい！　実に気分がいいぞ私は！」

決して、魔力を解き放つような純然たる危険ではない。

ただ凶暴さは隠せず、危ない雰囲気を醸し出すヴィーさん。

ティルテュも普段とは様子の異なる彼女に困惑し、少し後退る。

「ひっひっひ！　ああおかしい！　笑いが止まらん！」

「ヴィーちゃん、大丈夫？」

俺とティルテュが戸惑っている中、ルナだけは普段と変わらずヴィーさんに声をかける。

「ああ、ルナか……大丈夫だ、ちょっと気分が良くなりすぎただけだからな」

「そっか」

直接声をかけられたからか、ヴィーさんがいつもの顔を見せる。

「お前はどうだ？　今は楽しいか？」

「うん！　お兄ちゃんもお姉ちゃんも、ティルテュも、新しい友達がどんどん増えて楽しいよ」

「そうか……」

迷いなくそう言うルナに、ヴィーさんはまぶしい物を見るように目を細めて頭を撫でた。

今のルナはレイナくらいの背丈のため、ヴィーさんが手を伸ばさないと届かず、とても違和感のある光景。

しかしそれでも二人の関係はヴィーさんが姉で、ルナが妹の、仲のいい姉妹のように見えた。

「なら、ちゃんと今の場所を守らないとな」

「え？」

不意に、ルナの身体から黒い魔力が湧き出て渦巻く。

「っ――なにを!?」

すさまじく強く、そして禍々《まがまが》しい力だ。

力だけなら以前見たシェリル様たち大精霊にも匹敵し、間違いなく最強種級。

「む、むむむ!?」

隣を見ればティルテュも警戒しながらその魔力を見ている。

まだ子どもとはいえ、すでに始祖の名を受け継ぎ、この島の生態系の頂点に立つこの子がここまで警戒するなんて……。

「んー？　なにこれ。くすぐったい……」

「心配するな、すぐ終わる」

当の本人は特になんともないのか、ヴィーさんにされるがままだ。

たしかに、彼女が本気で俺たちに害を加えるとは思えないが、しかしこの力は――。

「アラタ、貴様は黙って見てろ」

俺が動こうとしたとき、真剣な瞳で射貫かれる。

そこに敵意はなく、ただただまっすぐに――。

「……」

「ふ、いい子だ」

俺は動かず、ただ禍々しい魔力がヴィーさんの手の中に集約されていくのを見ているだけ。

しばらくすると魔力は宝石のような小さな黒い球となり、彼女の小さな手のひらに収まった。

「あー！　ちっちゃくなってるー!?」

「え？」

魔力に気を取られていると、突然のルナの叫びが聞こえて彼女を見る。

するとそこには、だぼだぼな着物を着た、いつもの小さなルナがいた。

「せっかく大きくなったのに……」

「そんな顔をするなルナ。こんな力に頼らなくとも、貴様はちゃんと成長していくさ」

「うぅー……」

ちょっと拗ねた様子のルナと、それを見て宥《なだ》めるヴィーさん。

本物の姉妹のようなやりとりに、先ほどまでの警戒心が霧散していくのがわかった。

ただ、どこかいつもと違い、意味深な言葉ばかりを紡ぐ彼女の真意がわからない。

多分、聞いてもはぐらかされてしまうだろう。

思えば、他の人たちと違い、ヴィーさんだけは俺たちと……いや、『俺』と明確な線引きをしているような気がする。

「……」

「さて、言いたいことはあるのだろうが……」

ひょい、と黒くて丸い宝石を俺に投げてくる。

「それは貴様に預ける」

「いや、預けるって言われても」

「見ての通りアホみたいな魔力を宿してるからな。割ったりするなよ」

それだけ言うと、まだ太陽が昇っているというのに彼女の姿は闇に紛れ、そして消えていく。

周囲に気配もなく、彼女は帰ってしまったのだろう。

「なんだったんだ……？」

なんの説明もなし。

言いたいことだけ言って、ややこしそうな物だけを残していった。

普通なら怒ってもいいと思うけど、多分彼女なりにルナのために動いてくれたのだろう。

「……」

手のひらにある黒い宝石を見る。

先ほどの禍々しい魔力は感じないが、しかしその輝きは思わず吸い込まれてしまいそうなほど、魔性の魅力を放っていた。

「はっはっはー！　これでいつも通りだな！」

「あーあ、せっかくティルテュより大きかったのに」

「そんなずるは駄目なのだー！」

「ティルテュだってマーリンおばちゃんにお願いしてたじゃん！」

「我とマーリンは親友だからアリ！」

「えぇー！　そんなのずるい！」

「ずるくないー！」

少し離れたところでは、そんな子どもたちのやり取り。

わいわいとやっている姿は微笑ましく、先ほどまでの不安などなくなってしまった。

「二人とも喧嘩しない。せっかくルナも遊びに来たんだから、スノウも呼んでみんなで遊ぼう」

そう言った瞬間の二人の動きは速かった。

颯爽《さっそう》と家の中に入り、そしてレイナを巻き込んだ遊びに発展する。

ちなみに、大声でマーリンさんのことをおばちゃんと呼んだルナは、後ほど彼女に捕まりお姉ちゃんに訂正させられるのであった。

第八章　タマモ

気付けば俺は、白い空間にいた。

「え？　ここって……」

見覚えがあると思ったら、前世で過労死し、その後神様と出会った場所だとわかる。

しかし周囲を見渡しても、あたりには誰もいない。

「というか俺、たしか家で眠ってたはずなんだけど……」

真っ白でなにもない空間は、それだけ恐怖を引き立てる。

もしかして、俺が今までずっと過ごしてきた島での生活は夢で、死後の世界としてここにいたんじゃ――。

「こんばんは」

「っ――!?」

いきなり目の前に人が現れ、俺は驚いて後ろに跳んで距離を取る。

金色の長い髪をポニーテールにし、見るものを魅了するほどの妖艶な瞳と、男受けしそうなスタイル抜群の身体。

白い和服を着崩した女性は、口元を隠しながらくすくすと笑って俺を見ていた。

「あら、驚かせてしまいましたか？」

「……誰ですか？」

「そうですねぇ……タマモ、とお呼びいただければ」

「タマモ……」

今朝ヴィーさんが語った、ルナの先祖の名前だ。

そして俺の世界でも、傾国の美女として有名な存在。

「ふふふ、貴方の世界の私は、面白いことをしてますねぇ」

──今、心を読まれた？

それに、ヴィーさんに言われた言葉。

──世界を跨ぐような存在を貴様が迂闊に想像するな。

彼女にしては珍しく真剣な様子で、もしその言葉通り受け取るなら、俺が想像したことがそのまま起きてしまうのでは──。

「心配しなくても大丈夫ですよ」

そんな俺の心を再び読んだかのように、彼女は言葉を重ねてくる。

「ヴィルヘルミナに力を根こそぎ持っていかれた今、私にできることは、こうして夢に干渉して働きかけることだけですから……」

 よよよー、と相変わらず口元を隠しながら今度は泣き真似を始めた。

それが本気でないことはわかるのだが、同時になんとかしてあげないといけないという気持ちにもなってしまう。

——なんなんだこの人……。

そこにいるのに、どこか違うところにいるような、幻のような存在。

「……ヴィーさんとは知り合いなんですか？」

「ええ、とても長い付き合いでした。貴方の知り合いで言うなら、スザクなんかも」

過去形。

つまり今目の前にいる彼女は、当時を生きていた存在ということだろう。

「ヴィーさんは、当時神獣たちとも、殺し合いをしてたって聞きましたけど？」

「殺し合うほど仲がいい、ということです」

「……」

「あの時代を生きた者はみんな、死に場所を求めていましたから」

たしかに、不死者であるヴィーさんやスザクさんにとってはそうかもしれない。

しかしタマモさんは最強種とはいえ、決して不死ではなかったはずだ。

それでいて、殺し合いや死を求めていたなんて——。

「……なんのために俺の前に出てきたんですか？」

これ以上考えてはいけないと思い、話題を無理矢理変える。

「ヴィルヘルミナに奪われた私の力を、取り戻してくださらない？」

「断ります」

「あら？」

俺が一刀両断したことが予想外だったのか、タマモさんは意外そうな顔をする。

まるで、自分の言うことを聞かない人間なんていないはずなのに、と言いたげだ。

「……なるほど。ヴィルヘルミナがわざわざ貴方に渡したわけですね」

「やっぱりなにかしてたんですね」

「ふふふ……」

不思議な魅力を持つ女性だ。

つい問いかけに答えてしまうし、彼女がなにを思っているのかを考えてしまう。

しかし俺の本能が、彼女の言葉を聞き続けるのは危険だと警鐘を鳴らしていた。

おそらく魅了かなにか、精神系の魔法を使っているのだろう。

――この人、やばい気がする……。

時代の王たちですら、彼女の魅力に抗えずに国を滅ぼしてしまったのだ。

俺がこうして正常でいられるのは、神様からもらったチートのおかげ。

「さて、話の続きです。貴方が渡された黒い宝玉。あれは私の負の力を封印したものです」

「俺、断りましたよね？」

「それを私が聞き入れる理由はありませんよ？」

目を細めて妖艶に微笑み、俺の意見など聞いていないと言わんばかりに言葉を続ける。

どこまでも自己中心でわがままな、一方通行の言葉。

なのに、俺はそれを聞かないといけない気がしていた。

「それで？」

気付けば俺は、続きを促していた。

「今、私の子孫であるルナは力をほとんど失った状態です」

「……」

「数日もすれば、この島の生き物の魔力に当てられて、満足に生活することすらままならなくなり、死に至るでしょう」

「なっ――!?」

俺の頭の中で警鐘が鳴り続けている。

タマモさんの言葉には意思が籠っていない。

嘘か本当か、それすらどうでもいいことを紡いでいるだけ。

それなのに、俺はその言葉がすべて『本当のこと』のように感じてしまう。

「っ――ルナは、どうすれば生き延びられるんですか？」

「貴方が渡された黒い宝玉……つまり私の力を再び与えればいいのです」

「……その話、本当ですか？」

「ふふふ……」

俺の質問に答える気はないらしい。

つまり嘘なのだ。

「ヴィーさんがルナの力を奪って楽しむ理由なんてありませんよね？」

あえてタマモさんの力、とは言わなかった。

たとえ元はそうだとしても、今はルナの力だ、という強い意思を込めて彼女を睨む。

そんな俺の反論に、タマモさんはただ笑うだけで否定しない。

――なんなんだこの人……。

「ヴィルヘルミナは、この島の現状に満足していません」

「……今度はなんの話ですか？」

「昔話です」

突拍子もなく、話が切り替わる。

それでも彼女の言葉に耳を傾けてしまうのは、タマモさんがなにかをしているからだろう。

「あの子は遥か昔にあった、最強同士が殺し合う殺伐とした世界を望んでいるのです」

ヴィーさんが時折見せる寂しそうな雰囲気。

スザクさんも、みんなヴィーさんを置いていったという話。

眷属《けんぞく》を作らず、ただ一人でいる理由。

この島に来てから、いろいろな話を聞いてきた。

だからこそ、タマモさんの言葉が真実に聞こえる。

「私の力はその起爆剤になります……わかりますか？」

――ヴィルヘルミナと殺し合いをして下さい。

脳裏に混ざるノイズのような声に、俺の身体のなにかが抵抗した。

しかしその抵抗を掻い潜《くぐ》って、迫ってくる魔力に――。

「っ――!?」

バチン、とすさまじい音が周囲に響く。

俺が思い切り、自分のほっぺを叩いた音だ。

残念ながら、大した痛みではなかったが、それでも衝撃だけはすごかった。

「……ふう」

「まさか、ここまでやっても駄目なんて……貴方は本当に人間ですか？」

「そういう言葉は聞き慣れてます」

余裕を見せていたタマモさんが、初めて顔をしかめた。

自分の力に絶対の自信を持っていたのだろう。

とはいえ、今のは結構危なかった。

彼女の力は、嘘を真実だと思い込ませるものだろう。

俺ですら一瞬、意識が飛びそうになるほど強力な力だ。

それがどれだけ危険なものかも理解出来る。

――ほかの種族が、滅ぼしに来るぞ。

想像したくはないが、たとえばタマモさんが力を使って、他種族にこう言ったら……。

この島の住民は抵抗力も強いだろうから効果があるかはわからないけど、仲間を守るためにそれぞれの最強種たちが動かないといけない事態に発展してしまうかもしれない。

その先に待っているのは、種の存続をかけた戦争……。

「……ヴィーさんは、たしかにそれを求めているのかもしれませんけど」

だけど、俺はこの島で彼女と関わってきて、一つだけわかっていることがある。

「それでもあの人は、無意味に誰かを傷つけるような人じゃないですよ」

――くくく、よく言った。

「っ――!?」

俺の一言で、まるでガラスが割れるように、真っ白な空間が音を立てて崩れ落ちる。

そして見えるのは、常闇の空に浮かぶ丸い月と、それを背に浮かぶ一人の影。

人影がゆっくりと下りてくると、まるで月の女神に愛されたような闇の美女が地面に降り立つ。

普段の子どもの姿とは異なっていて、一瞬それが本当にヴィーさんなのか迷ってしまった。

だがもし彼女が成長すれば、こうなるだろうという、そんな女性。

「くくく……タマモ、久しぶりだな」

「ええ。本当に久しぶりですね」

傾国、と呼ばれそうな美女たちが対峙する。

たったそれだけなのに、島の中ですら感じたことがない凄まじいプレッシャーが辺り一帯を包み込んだ。

これが彼女たちの『本気』なのだとしたら――。

「残念。もう少しだと思ったんですけど」

「無駄だよ。こいつは貴様が思うよりもずっと化け物だからな」

「みたいですね。まさか私の魅了が崩されるなんて、自信をなくしましたよ」

よよよー、と再び泣き真似をするタマモさん。

可愛い仕草だが、先ほどとは違ってそれに魅力を感じることはなかった。

「ふん、私の名を使って遊ぶのは勝手だがな、失敗したならさっさと力を渡すことだ」

「わかってますよ。ふふ、久しぶりに人とお話しして、楽しかったですからね。素直に消えます」

二人で俺にはわからない会話をし、そしてタマモさんの身体が金色の粒子となり始めた。

「それではアラタさん、またいずれ」

それだけ言うと、タマモさんは完全に消えてしまい、白い宝玉となって地面に落ちる。

「ふん、毎回面倒なやつだ」

大人の姿のヴィーさんがそれを拾うと、俺に放ってくる。

慌てて受け取ると、それが先ほどまで持っていた黒い玉と同じものだと気付いた。

「ほら、起きたらルナにこれを飲ませてやれ」

「あ、うん」

見た目以外は普段通りのヴィーさんに、俺は少しだけ困惑してしまう。

先ほどのやりとりを、彼女は見ていたはずだ。

そして多分、タマモさんの言葉に嘘はなかったのだと思う。

「あの、さ」

「ん？　なんだ？」

「ヴィーさんは、やっぱりまだ殺し合いとかをしたいの？」

俺がそう尋ねると、彼女は空を見上げる。

そうしてしばらく無言でいたのだが、不意に一言。

「そうだな」

少し寂しそうに笑う。

「だが、もうこの島で私と同じ気持ちでいてくれる者なんて、一人もいない」

「……」

「フェニックスのやつも、大精霊たちも、古代龍たちも、鬼神も、みんな守るべきものが出来た。そして馬鹿みたいに殺し合いをしたやつらは、死んだ」

「ヴィーさん……」

「だからも、もういいんだよ」

そう言いながら、ヴィーさんは空に浮かぶ。

「待って！」

とっさに、彼女の腕を摑《つか》んでしまった。

どうしてこんな行動を取ったのか、自分でもわからない。

ただ今、ここでヴィーさんがいなくなったら、島の住人を全員集めた大宴会は一生出来ないんじゃないか……それ以前にヴィーさんが消えてしまうのでないか、とそんな不安に襲われたのだ。

「……なんだアラタ？　貴様、レイナやバハムートがいるというのに、私にも手を出す気か？」

「そうじゃなくて……」

俺自身、言いたいことが纏まっていない。

それでもなにか言葉にしないと、という焦燥感に駆られながら口を開いた。

「ヴィーさんは、消えようとしてるんじゃないの？」

「はっ、そんなわけないだろう？」

ニヤニヤと、あり得ないと言わんばかりの普段通りの笑み。

「……退屈は不死を殺す」

「……」

「初めてヴィーさんと会ったときの言葉だ」

俺の言葉を聞いた瞬間、ヴィーさんの瞳から一瞬光が消えた。

彼女はたしかに、そう言ったのだ。

それはもしかしたら、ただの比喩表現だったのかもしれない。

けど今の彼女を見ていると不安に駆られてしまう。

「この島に来てから、俺には夢が出来たんです」

「そうか」

ヴィーさんはそれだけ言うと、ただ黙って滅多に見せない優しい表情で俺を見る。

「この島の住人全員を巻き込んだ、大宴会をする……」

「したら良いじゃないか。貴様がまだ会ったことのないやつで厄介なのも色々といるが、まあ貴様ならなんだかんだ上手くやるんじゃないか？」

「そこにヴィーさんも参加して欲しいんです。もちろん、心の底から楽しんで貰いながら」

「……」

「消えちゃ、駄目ですよ？」

「貴様は馬鹿だなぁ……」

一瞬、ヴィーさんの周囲に闇が渦巻くと、いつも通りの彼女がいた。

「消えないから心配するな」

「……」

「なにせ私は、貴様らという新しい楽しみを見出したからな！」

「っ——!?」

その目はこちらをからかうような、楽し気なもので——。

「これからもっともっと極上の味を求めて、辱《はずかし》めてやるから！」

——覚悟しておけよー！

高笑いとともに、ヴィーさんは闇に消えていった。

そうして一人残された俺はというと、その跡地を見つめる。

「そういえば、ここからどうやって出たらいいんだろう？」

多分、夢的なものだろうから、時間が過ぎたら勝手に目が覚めるか。

そんな能天気に、先ほどまでのヴィーさんのことについて考える。

最後は普段通りだったけど、本当は……。

「っ――!?」

不意に目が覚める。

外はまだ暗く、深夜の時間帯だというのはわかった。

先ほどのタマモさんとヴィーさんのやり取り、あれは夢だったのだろうか？

とりあえず身体を起こそうとしたところで、全身に違和感があることに気付いた。

「身体が動かない……」

すぐ近くに寝息が聞こえて首を動かすと、俺の腕にくっつくようにスノウが抱き着いていた。

反対側にはティルテュ。

両腕を拘束されたこの状態では、身動きが取れそうになかった。

「なんで二人とも俺の部屋で？」

たしか昨日は女子会をするとかいって、ティルテュとルナ、それにスノウがレイナの部屋に集まっていたはずだ。

寝るときは一人だったんだけど……。

「んー……ぱぱぁ」

「……まあいいか」

俺が動いてこの子たちを起こすのはちょっとかわいそうだ。

「仕方がない」

天使のような寝顔を見つつ、ヴィーさんについて考えながら時間を潰すことにした。

◇

太陽が昇り始め、窓から光が差し込み、スノウが先に起きた。

ぱちりと、まるで電源を入れたおもちゃのように一気に目が開くと、その瞳を輝かせる。

「ぱぱだ！」

「おはようスノウ」

「うん！」

抱き着いていた腕に力が入る。

時計がないため正確な時間はわからないが、日の出とともに起きるのは実に子どもらしい。

朝から全力で甘えてくるスノウを見て、寝ていても起きていても天使だなと思ってしまった。

「俺、もしかして親バカなのかなぁ？」

「どうしたの？」

「なんでもないよ。ところで、昨日はレイナの部屋で寝たんじゃなかったの？」

「んー？　あれ、ままは？」

どうやらあまり覚えていないらしい。

まあ多分、夜にトイレにでも行って、帰りに俺のところに来た感じだろう。

「まだ寝てるかもね」

「そっかぁ……ねぇぱぱ、あそぼ！」

朝起きたらまず遊びたい。

そういう子どもらしさ全開のスノウを見て思わず苦笑してしまう。

遊んであげたいのは山々だが、反対側ではまだティルテュが寝ているので起き上がれないのだ。

「ティルテュが起きたらね」

「ティルテュちゃん？」

どうやら俺を見ることに夢中で、ティルテュのことに気付いていなかったらしい。

再び瞳を輝かせたスノウは嬉しそうに起き上がると、俺を踏み台にして、気持ちよさそうに眠っているティルテュに向かってダイブ。

「ティルテュちゃん、あーそーぼー！」

「ぐはぁ――!?」

◇

そうしてまだ早朝というべき時間帯にもかかわらず、騒がしい一日が始まるのであった。

レイナが朝ごはんを作っている間、スノウとティルテュが遊ぶいつもの光景。

それを見ながらのんびりコーヒー飲んでいたのだが、ルナがまだ起きてこないことに気付く。

「ルナが朝起きてこないって珍しいね」

「え？　あ、本当ね……私が起きたときは普通に寝てたけど」

基本的に、俺たちの中で一番早く起きるのはルナだ。

まあ別に早起きしないといけないわけではないのだが、夢のこともあって少し気になった。

「ちょっと部屋、見てきていい？」

「ええ、お願い」

レイナの部屋に入ると、本棚や机などが整然としており彼女らしいなと思う。

そんな中、布団で寝ているルナを見ると――。

「ルナ!?」

顔色が悪く、非常に苦しそうにうなされていた。

慌てて近寄ると、息は荒く、汗も凄い。

「大丈夫!?」

「う、うぅぅ……」

俺の声に返事をすることも出来ない状態。

先日のオルク病のときよりも、明らかに状態が悪いように見えて、焦ってしまう。

「っ——レイナを呼んでくるから、ちょっと待ってて！」

オルク病のときも、マーリンさんの言うとおりに行動していただけ。

医療の知識などない俺が変なことをするより、少しでも知識のある人に見て貰うべきだと思い、レイナを呼んでくる。

「ルナ!?」

「ルナちゃん!?」

三人が急いでやってくるが、また流行り病の可能性があるため、スノウには部屋に入らないように言いつけておく。

そしてレイナが診ている間、ティルテュがマーリンさんを呼んでくる！　と言って出て行った。

「病気、じゃないわね」

「え？」

「魔力欠乏症……単純に彼女の身体の魔力が失われている状態よ」

「それって、危なくないの？」

「普通の人間なら問題ないわ。でも……」

魔力はあくまでも、魔法を使うための力であり、人間は生きるために魔力を必要としない。

だから普通は問題ないのだが、ルナのような獣人は異なるという。

「ルナは神獣族なんて強い力を持った存在で、普通以上に魔力を消耗するわ……だからこのまま時間が経てば……」

そこまで言って、レイナが目を伏せる。

状況はそれほど悪いということだろう。

だがその話を聞いて、俺はほっとした。

「ちょっと待ってて！」

俺は自分の部屋に戻り、そしてヴィーさんから預かっていた玉を取り出す。

昨日受け取った時点では、禍々しい黒色をしていたはずのそれは、今は初雪で作ったように真っ白な色をしていた。

それを手に取り、再びルナのところに戻る。

「レイナ、これを飲ませたらいいはず！」

「……これって」

「昨日のルナの魔力を固めたもの、なんだけど……」

俺は昨夜の夢であった出来事を語った。

普通なら夢は夢、と一蹴してしまうところだが、今ならあれが実際にあった出来事だと言い切れる。

レイナも真剣に話を聞いてくれて、そして頷いた。

「わかった……」

レイナに渡すと、彼女はその白い玉をルナの口元に近づける。

荒い息をしている彼女が飲み込めるのか？　と思ったが、本能的にそれが自分の力だと感じているのか、ごくりと飲み込んだ。

「っ――!?」

変化はすぐに訪れた。

ルナの身体から金色の魔力が一気に膨れ上がり、そして徐々に集約していく。

ずっと苦しそうだった顔色も今は普段通りに戻り、呼吸も安定し始めた。

これならもう大丈夫、と全員がほっとしたところで、扉が勢いよく開く。

「ルナ！」

マーリンさんが血相を変えた表情なのは、それだけ心配してくれたということだろう。

事情を説明すると安心した様子を見せ、ルナを大切に思っているのがわかって少し嬉しく思う。

「状況はわかったけど……急激に魔力を取り込んだときにどうなるかわからないから、しばらくここで診るわ」

「ええ、ありがとうマーリン」

「……貴方にお礼を言われるようなことじゃないわよ」

そういえば、この島に来た頃はレイナとマーリンさんは仲が悪かったはず。

だけど今はそんな雰囲気もあまり感じられず、親しい友人のように見えた。

「ルナ……早く元気になるのだぞ」

「ルナちゃん……」

ティルテュがルナのことを心配して声をかけ、その横ではスノウも不安そうな顔をしている。

みんながルナを案じているのを見ると、いつも元気で明るい彼女が如何《いか》に愛されているかがよくわかった。

「ん？」

「どうしたのアラタ」

「いや……」

家の外に、ヴィーさんの気配を感じた。

だがこちらに入ってこないということは、これ以上干渉する気はないらしい。

「俺、エルガたちに事情を伝えてくるね」

みんながルナを見守る中、家を出て神獣族の里に向かっていく途中、森の中で一度足を止めて振り向く。

「ヴィーさん？」

「ああ」

「どうしたの？　ルナが心配なら、家に入ってもらって大丈夫だよ」

普段から悪戯ばかりしているせいでレイナには警戒されているが、ルナを想う気持ちは本物だ。

それをレイナだってわかっているから中に入れてくれるだろう。

「いや、そんなのは私のキャラではないだろ？」

「そんなこと気にしなくてもいいのに」

「キャラ付けは大事さ」

少し茶化した様子でそんなことを言うが、多分本気でルナのことを心配していたのだろう。

そうでなければ、こんな朝早くから彼女が動くはずがない。

「それで、俺になにか用？」

「ん……そうだな」

ヴィーさんにしては珍しく、歯切れが悪い。

一体どうしたのだろうと思っていると、口を開く。

「昨夜のことだが……」

「……」

「まああれだ。タマモのことは、ルナに伝えなくていい」

「どういうこと？」

たしかにタマモさんからはちょっと危ない雰囲気を感じたけど、だからといって本当に悪い人とは思えなかった。

ルナにしても、自分の先祖のことは知りたいだろうと思うんだけど……。

「あいつは幻想の中に生きている存在だ。その認識が強くなればなるほど、表面に出てくる」

「……」

「もしルナがその存在を深く知ってしまえば、またあいつが表に出かねない」

「つまり、ルナの身体を借りてタマモさんが出てくるってこと？」

俺の言葉に、ヴィーさんが頷く。

それは、ルナが消えてしまうということだろうか？

だとしたら、タマモさんには申し訳ないけど絶対に防がないと。

「今のところ、あいつの存在を知っているのは私と貴様、そしてフェニックスくらいだ。その程度であれば、ルナがどうこうなることはない」

「知ってる人が多いと、タマモさんの力がより強くなる？」

「ああ。とはいえ、やつも昨日の件で力を使ったから、しばらくはなにもできないがな」

ふと、タマモさんはなにがしたいのだろうと思った。

本気で現世に現れたいなら、もっとやりようがあるんだけど……。

「あいつの言葉に意味などないさ。あれはそう、意味のないことを楽しむだけの存在だ」

それだけ言うと、ヴィーさんは背を向ける。

どうやらその忠告をしに来たようだ。

「ありがとうございます」

もしヴィーさんが伝えに来てくれなかったら、俺は夢で見たことをそのままレイナたちに話していただろう。

そうなればタマモさんの力が増して、ルナの身体が乗っ取られていたかもしれない。

ふと、タマモさんの言葉が思い出される。

――あの子は遥か昔にあった、最強同士が殺し合う殺伐とした世界を望んでいるのです。

「……ヴィーさんは、タマモさんが復活した方がいいんじゃないの？」

「夢の中で言っただろう？　私はもういいのだ、と」

淡々と、感情のない言葉だけ残してヴィーさんは姿を消してしまう。

昨日から、いやここ最近の彼女はどうも気持ちの面で不安定な気がした。

だからこそ、俺はずっと引っかかっているのだが――。

「決めた」

これが本当にヴィーさんのためになるのかはわからないけど……。

「ヴィーさんが本当に殺し合いをしたいなら……」

――俺が全力で戦おう。

この島の仲間として、彼女の望みを叶えたいと思ったのだ。

第九章　成人の儀

「ふっかーっ！」

朝早く、家の中にそんな声が響き渡る。

眠っていた俺たちはその声に起こされて、そのまま声の主——ルナの部屋へと入った。

「あ！　お兄ちゃんおはようー！」

「おはようルナ。元気になったみたいだね！」

「うん！　元気元気！　いつもよりずっと元気だよー！」

やはり魔力欠乏症は、タマモさんの力を失っていたことが原因だったようだ。

早速走り回ろうとするルナの首根っこをマーリンさんが捕まえる。

「元気になったとはいえ、あのままだったら貴方、この島の強い力を持つ魔物たちの魔力に当てられて死んでたのよ！　今日一日くらい安静にしてなさい！」

「えー！」

「えー、じゃない！」

魔力の大部分を失っていたルナは、本当に危なかったらしい。

マーリンさんはそのことを理解しているからこそ、真剣な表情でルナに話している。

「そうだぞルナ！　我だって心配したんだからな！」

「スノウも！」

「うぅ……」

みんなに心配をかけたことを理解したのだろう。

ルナはシュンとした顔をして、大人しくなる。

「ほら、ベッドに横になる」

「はーい……」

結局、ベッドへ連行されたルナは、もう外に出ようとはせず素直に布団をかぶった。

遊びたい盛りのこの子にとって、元気なのに大人しくしないといけないこの状況は苦痛だろう。

それでも自分が周りに心配をかけたことをしっかりと理解したのか、少し落ち込んだ様子を見せる。

「おいルナ、明日も元気だったら、どっか行くか？」

「せっかくだから、みんなでお出かけしましょう」

エルガとリビアさんも、ルナを心配して昨日は俺たちの家に泊まっていた。

無事だったことに安心したのか普段はあまり聞かない優しげな声を出す。

「……いいの？」

「おう。行きたいところ、考えとけよ」

ぶっきらぼうに、それだけ言うと立ち上がる。

そうして部屋から出ようとするのだが、それを俺は止めた。

「なんだ？」

「今日は一日、ルナの傍にいてあげなよ」

「……ち、わかったよ」

仕方ない、という風にベッドに戻る姿は、相変わらず素直じゃないなと思う。

とはいえ、この中の誰よりもルナのことを心配していたのは彼とリビアさんだ。

だからこそ、今日は傍にいてあげて欲しいと思った。

「まあでも一時はどうなるかと思ったけど、無事で良かった」

俺はヴィーさんから先に話を聞いていたから、状況をある程度わかっていたが、ほかの人たちは気が気じゃなかったと思う。

実際、元気になった今もみんな部屋から出ず、ルナの様子を見守っていた。

「明日になったら、みんな遊んでくれる？」

「もちろん」

「全員で、ピクニックでも行きましょう」

「うん！　じゃあ今日は……大人しく寝てる！」

そうしてルナはベッドの中でみんなと話しながら、明日のことを楽しみにしているのであった。

◇

スザクさんにルナが元気になったことを伝えるため、傍から離れられないエルガたちの代わりに、俺が神獣族の里に向かうことになった。

「おう、面倒かけて悪かったな」

「面倒なんて思ってませんよ。ルナは、大切な友達ですから」

「ふ、そうか……」

素っ気なく聞こえるが、そこに込められた気持ちは伝わってきた。

彼女にとって神獣族も、獣人も、我が子のようなもの。

とても大切にしているからこそ、不安もあったに違いない。

「タマモさんにも直接会いましたし、色々と話も聞きました」

俺の言葉に、スザクさんの目が険しくなる。

ヴィーさんですら警戒していた彼女のことをきっと、スザクさんもよくわかっているのだろう。

「あいつはなにか言ってたか？」

「いえ……ただ、ヴィーさんのことを気にしている様子でしたね」

「そうか……まああいつらは仲が良かったからなぁ」

スザクさんは煙管《きせる》の煙を揺らし、少し遠い目をする。

どれだけの時が流れても、色あせることのない時間というのはあるのだろう。

「ヴィーさんには、タマモさんのことは口外するなって」

「へぇ、あいつが……それだけルナのことを大切に想ってるってことか」

変わったな、と小さく呟く。

俺がこの島に来たときにはもう、ルナとヴィーさんは仲が良かった。

だから昔の彼女のことはあまり知らないが、少なくともヴィーさんにとってルナは結構特別な気がする。

「神獣族は不死じゃなく、ただ純粋に強いだけだ。俺みたいな例外を除いてな」

「……」

語りだしたスザクさんの表情は真剣そのもので、俺はただ黙って相槌を打つ。

「でだ。当然死んだら終わりなわけだが、タマモに関して言えば、他の神獣族と違う」

——あいつは、死んでも転生して復活する。

「それって、ルナの身体を奪ってってことですよね」

「正確には、子孫の身体を奪って、だな。まあただ今回に関してはヴィルヘルミナのやつが事前に手を打ったから、普通にしてる限りルナは大丈夫だ」

「そうですか」

思わずほっと胸をなでおろす。

ヴィーさんからも大丈夫だと聞いてはいた。

それでも心配だったが、神獣族の長であるスザクさんから大丈夫という言葉が聞けて安心する。

「ま、変わらずルナと遊んでやってくれや」

そう言うスザクさんの瞳はどこか優しげで、彼女がどれだけ神獣族の子どもたちを大切に思っているのかが伝わってきた。

「スザクさん」

「ん？」

「タマモさんは、ヴィーさんがこの島の現状に満足していない、って言ってたんです」

「ああ……んー、まあそうかもな」

彼女はその言葉を特に否定することもなく、頷いた。

「俺たちは、殺し合うことで通じ合ってた部分もあるからな」

他の種族と違い守るべきものもなく、ただ孤独に生きてきたヴィーさんにとって、殺し合いは唯一、生を感じるものだと、スザクさんは言う。

「そしたらやっぱり、昔みたいに殺し合いをするような、そんな生活がしたいんですかね？」

「……俺が見る限り、たしかにあいつは今に満足してねぇ」

「なら……」

「だが、それが今を楽しんでないってことにはならねぇんじゃねぇかな」

俺の言葉を遮るように、スザクさんは言葉を続ける。

「少なくともお前やレイナ、それにルナたちと一緒にいるときのあいつは、楽しそうに見えるぜ」

「……」

「それでもお前が気になるなら、やってみりゃいいさ」

「え？」

「俺らの時代は、殴り合って殺し合えば、大体相手の言いたいことが伝わったもんだ」

ニヒルに笑いながら、ずいぶんと物騒なことを言う。

だがたしかに、ヴィーさんは死なない不死の吸血鬼。そして俺には、神様から貰った『健康な身体』がある。

だったら一度、本気でぶつかってみてもいいかもしれない。

「一度、ヴィーさんとぶつかってみようかな……」

「ああ、そうしてみな。少なくともあいつがそれを拒否することは絶対にない。数千年やり合ってきた俺が言うんだから間違いねぇよ」

スザクさんの言葉は力強く、そして友を任せる、という気持ちが伝わってきた。

本人に言ったら絶対否定するだろうけど、やっぱり彼女たちは信頼し合っているのだろう。

それからしばらく雑談をし、スザクさんと別れて家に帰る。

「お帰りなさい」

「あ、レイナただいま……なんか妙に静かだね」

「みんながいるとルナが遊びたくなっちゃうから解散させたの。スノウも今はティルテュと遊びに行ってるところ」

「ああ、なるほど」

ルナの様子を見に行くと、エルガとリビアさんだけが残っていた。

家族水入らずという雰囲気だったので、俺はなにも言わずにレイナのところに戻る。

「大丈夫そう？」

「ええ、今のところ特に問題はないわ。ただ……」

結局、ルナは先祖の名前がわからないままらしい。

俺としてはその方がいいのだが、このままだと成人の儀を行えないそうだ。

「本人はなんて？」

「わからないものは仕方ないよねー、だって」

たしかにルナの言いそうなことだ。

なんにせよ、本人が気にしてないなら良かった。

「それじゃあ、今度みんなでルナの快復パーティーでも開いてあげようよ」

「ふふ」

俺の言葉を聞いたレイナが、おかしそうに笑いだす。

「どうしたの？」

「だってアラタ、ティルテュやスノウと同じことを言うんだもの」

それを聞いて、二人ともルナのことを想って言ったのだろうと想像がつく。

たしかに、みんな揃って同じことを言えばレイナが笑うのも無理はないだろう。

「じゃあ、決まりだね」

「ええ。せっかくだから、盛大にやりましょう」

そうして俺たちは、ルナの快復パーティーでなにをするか、笑いながら話すのであった。

◇

神獣族として先祖の名を知り、力を受け継ぐことが成人の証。

フェンリル、リヴァイアサン、ベヒモスなど、成人した神獣族はその力を受け継ぎ、振るうことが出来る。

ルナも先祖――タマモさんの名こそ教えてもらっていないが、その力を受け継ぎ使えるようになった。

「訳あってルナは先祖の名を知ることは出来ねぇ！　だが、間違いなくその力は受け継いだ！　だからテメェら、がたがた言わずにルナの成人を祝ってやれぇ！」

「うおおおおお！」

本来、名を知らないまま成人するなどあり得ないのだが、そこはスザクさんの独断というか、そもそもほかの神獣族の面々も気にしないというか……。

「まあ結局のところ、宴がしたいんだよね」

全力で声を張り上げながらルナを祝う面々を見ていたら、楽しければなんでもいいかと思う。

宴が始まるとレイナの料理が振る舞われ、みんな早い物勝ちだと言わんばかりに群がった。

「こらティルテュ！　順番抜かしは駄目よ！」

「うぐ！　なぜバレた！」

「見え見えよ！　ティルテュを囮《おとり》にしてるルナもね！」

「わっ!?」

「二人とも！　食べたいならちゃんと並びなさい」

「「はーい」」

そんな風に子どもたちをあしらっていると、あっという間に持ってきた料理が無くなってしまった。

「今度はもう少し多めに作ってこようかしら」

「今でも相当な量だと思うんだけどね」

料理に対するレイナの熱量は凄い。

たまたま彼女には魔法の才能があったからこの道を選んだのだろうけど、もし孤児院のシスターのようになりたいという夢が叶っていたら、彼女はとてもいい母親になったことだろう。

「それにしても、はしゃいでるわね」

「力を使えるようになったのがよっぽど嬉しいんだろうね」

少し離れたところでルナが楽しげに笑っていた。

彼女の周りには神獣族の面々と、ティルテュとカティマ、それにゼロスたち。

それに鬼神族からはサクヤさんがやってきていた。

みんな、ルナの成人を祝うために集まってくれたのだ。

――それじゃあいっくよー！

そんな声とともに、ルナの身体がキラキラと輝く。

しばらくすると、大人に変身したルナの姿。ちゃんと服もサクヤさんから貰ったものだ。

おおー、という歓声と、ティルテュの悔しそうな声。

それが微笑ましく、みんなで笑い合っていた。

「良い夜ね」

「そうだね」

空を見上げれば、ちょうど半分の月と美しい星。

柔らかい風に乗ってひらひらと舞う火の粉と、人々の笑い声。

「あ、じいじだ！」

「え？」

突然、スノウが声を上げながら指をさす。

しかしそこには誰もいない。てっきりまたジアース様が地面から顔を出しているのかと思ったが、
それならジイと呼ぶはずだし……。

「ん？　んんん……？」

スノウが指した先を見ると、そこは地面ではなく煌々《こうこう》と輝く松明《たいまつ》。

それをジーと目を凝らして見てみると、うっすら瞳のようなものが――。

「――っ!?」

驚いたように目が動き、そして逃げるように消えていった。

「あははー」

「あはは……」

どうやらアールヴの村の守護を、ジアース様と交代したらしい。

しかしやることが二人とも同じで、スノウは楽しそうに笑っているが俺としてはもっと普通にし

て欲しいところである。

とりあえず、今度シェリル様に会ったら、チクっておこう。

◇

楽しい時間というのはあっという間に過ぎてしまい、みんなそこら中で寝っ転がっている。

まるで子どものようだな、と思いながら俺が一人で月見酒を楽しんでいると、不意に背後に気配を感じた。

「ルナ？」

「ふふ」

「じゃ、ないですよね」

振り向いた先にいたのは、大人の姿のルナだ。

しかしその妖艶な雰囲気は、夢で出会ったタマモさんと同じ。

「消えたんじゃなかったんですか？」

「消えましたよ。ここにいる私は、ただの残滓《ざんし》です」

タマモさんは自然な動作で俺の横に座る。

害意は感じなかったので、なにも言わず受け入れると、タマモさんは不思議そうな顔をした。

「あまり驚かれないのですね」

たしかに夢の中では、自分のやることは終えた、という雰囲気で消えた彼女だが……あまりにもあっさりとしていた。

だからきっと、そう遠くないうちにまた現れるのだろうな、と思っていたのだ。

「……なんとなく、まだいるんじゃないかなって思っていたので」

「へぇ……」

妖艶に微笑みながら、宴で使われていた杯《さかずき》を差し出すので、サクヤさんのから貰った鬼月《きげつ》を注ぐ。

タマモさんが黙って半分の月を見上げるので、俺もそれに合わせるように視線を上げた。

「タマモさんは、なんのために出てきたんですか？」

「少し、外の空気を吸いたくて……」

「なるほど」

嘘だろう。だが本人がそう言うのであれば、俺からなにかを言う必要はない。

彼女の魂とでも言うべきものは、残滓というだけあって本当に弱々しい。

仮にこのままなにもしなくても、消えてしまうのはなんとなくわかった。

「てっきり、助けを求めて出てきたのかと思いました」

タマモさんはキョトンとして俺を見る。

まるで予想していなかった返事だったのだろう。そしてすぐにパチパチと、手を叩いた。

「驚きました。まさか当てられるなんて」

「嘘っぽいですね」

「嘘ですから」

相変わらず、摑《つか》み所のない人だ。

言葉の一つ一つが嘘か本当かわからない。

さすがになんの目的もなく残り少ない力を振り絞ってまで会いに来るとは思えないけど……。

「……それで、俺はなにをしたらいいんですか？」

「ヴィルヘルミナと殺し合いをして欲しいんです」

にっこりと、自然な笑顔で、当たり前のように。

まるで最初からそう答えるのだと決めていたように、ごく自然にそう紡いだ。

「いいですよ」

俺が簡単に頷くとは思っていなかったのか、今度はタマモさんが驚いた顔をする。

彼女は知らないだろうが、スザクさんとの話で俺の心はすでに決まっていた。

「……理由は聞かないのですか？」

「聞いても、本音で答えてくれそうにないので」

「あら？　そんなことはありませんよ？」

おどけた様子。だがそこに本心はない。

ただ、ヴィーさんと殺し合いをして欲しいということだけは、本当なのだろう。

そしてそれが、彼女を助けることになることも。

彼女はタマモさんの残滓と言ったが、実際は幽霊みたいなものだと思う。

だからこそ、この世にずっと未練があったのだとしたら、それは――。

「難儀な性格をしてますね」

「さてさて、なんのことやら」

タマモさんは手に持った扇子で口元を隠すと、立ち上がり俺に背を向けて歩き出す。

途中で一度止まり、振り向いた。

「それではアラタさん。よろしくお願いしますね」

「まあ、やれるだけやってみますよ。ヴィーさんのため……いや――」

俺は自分がなんのためにヴィーさんと戦うのか、改めて考える。

「俺の夢のために」

「ふふふ……」

そうして今度こそ、タマモさんは去って行く。

おそらく明日になったら、またいつものルナに戻ることだろう。

「ってことです」

「どうして貴様は、そんな馬鹿なんだ？」

俺の影が動いて人の形になり、ヴィーさんが現れる。

その表情は呆れていると同時に、どこか嬉しそうにも見えた。

「前に言いましたよね。いつか開く大宴会、そこでヴィーさんも心の底から楽しんで欲しいって」

だから俺はヴィーさんと戦う。彼女にとって殺し合いが一つの楽しみだというなら、全身全霊を賭けて。

――退屈なんて理由では絶対に死なせませんよ。

「そうか……なら――」

――月の満ちる夜、北方の氷城で待つ。

彼女は今まで見たこともないような凶悪な笑みを浮かべて闇に消えていった。

「……よし」

頑張ろう。ただ、そう思った。

◇

翌日。

いつも通り、みんなで宴の後片付けをする。

昨日、俺とタマモさんがした会話をルナは知らない様子。

どうやらタマモさんが現れている間、ルナの意識は完全に眠ったままの状態らしい。

「よーし、誰が一番ゴミを集められるか競争だよー！」

「スノウが一番頑張るー！」

「我に勝てると思うな！」

元気いっぱい、ティルテュやスノウと一緒にゴミ拾いに精を出していた。

遊びながらもテキパキと片付けていく姿は、見ていて気持ちの良いものだ。

「子どもたちがあんなに頑張ってるのに、大人の私たちがただ立ってるわけにはいかないわね」

「うん。ちゃんと来たときよりも美しく、ってね」

そうして片付けを終えた俺たちは、スザクさんたちに挨拶をしてから、神獣族の里を去る。

帰路、話しながら森を歩いていると、ゼロスが突然呆れたような声を出した。

「しっかし、改めて見ると不思議な感じだよな」

「え、なにが？」

ゼロスは言葉を続けず、ただ視線を前に向ける。

見ればティルテュがマーリンさんとなにかを話していて、レイナとスノウが手を繋いで歩いている。

いつもの、ホッとするほど心地の良い光景だ。

「俺ら七天大魔導ってのは、まあ魔法の探求者だってのに……あれじゃどこにでもいる家族じゃねえか」

「ああ……」

マーリンさんはティルテュの姉のようで、レイナはスノウの母のよう。

たしかに、どこにでもある『普通』の家族のような光景だ。

それは俺にとって当たり前の日常であるが、もしこれを七天大魔導のことを知る第三者が見たら、目を疑うことだろう。

「ゼロスはこんな日常、嫌いなの？」

「……昔は嫌いだったな」

ゼロス・グラインダーは戦場に生きた男だ、とレイナから聞いたことがある。

別に昔なにをしていたとか、そんなことに興味はないのであえて聞いてこなかったが、多くの血を浴びてきたのだろう。

だからなのか、この島での日常を見て、たまに落ち着かない様子を見せるときがある。

「平穏は魂を腐らせる。俺の居場所は戦場で、戦いに生きて死ぬ、って思ってたんだが……」

手のひらに小さな炎を生み出す。

そこに込められた魔力はかなりのもので、少なくともレイナが初めてこの島で見せた魔法よりもずっと力強い。

「この島で生きてたら、もっと強くなっちまった」

「生きるだけで必死な島だからね」

「あんな能天気な感じなのになぁ」

「楽しそうにわいわいやっているレイナたちを見て、思わず苦笑する。

あの微笑ましい様子を見て、いったい誰が世界でも最強クラスの人間と生物の集まりだと思うだろうか。

俺だって、もし神様からこの身体を貰えなかったら、毎日を怯えて暮らしていたかもしれない。

そう考えると、生身の人間なのにこの島に適応出来ている彼らは、やはり人類最強なのだと認識させられる。

「ゼロスって、凄いんだね」

「は？　なんだ急に？」

「いや、ふとそう思っただけ」

そういえば、ほかの七天大魔導ってどんな人がいるんだろう？

レイナが第七位、ゼロスが第六位、マーリンさんが第五位。

残った七天大魔導のうち、第四位と第三位の人はレイナとゼロスが撃退したって聞いたけど……。

「第二位と、レイナの師匠である第一位ってどんな人？」

「あー、そうだな……あいつらは」

本物の化け物だ、とゼロスは呟くのであった。

間章　海洋都市での邂逅

堕ちた聖女セレスにとって、教会に追われながらの旅は辛く——同時に楽しいものだった。

聖女としての自分とは違う、素の自分で見る世界。

どこまでも一緒にいてくれる、絶対に裏切らない親友たち。

元々ただの村人でしかなかった自分が、聖女として祭り上げられてからは、教会の言葉通りに生きてきた人生。

そして今、自分ですべてを選択できるというこの旅。

自分で考えて行動し続けてきた時間は、本当に得難いものだった。

だからこそ——。

「まさか、こんなことになるなんて……」

これが自分たちの旅の果てなのだろうか。

海上で巻き起こる巨大な嵐という、大自然による災害。

セレスは自身の乗る船で仲間たち、そして同乗者の誰も生き伸びることはできないであろう絶望の淵にいた。

「これも、試練なのですか……？」

死を覚悟しながら、乗船前のことを思い出す。

◇

現人神《あらひとがみ》であるアラタが住むとされる神島アルカディア。

その手がかりを集めるため、大陸中を見て回った三人は、とある海洋都市に目をつける。

レイナ・ミストラル、ゼロス・グラインダー、マーリン・マリーン。

七天大魔導の三人が消息を絶ったのは、どれも同じ都市から出た船だからだ。

アラタの嫁として紹介されたレイナ、そしてゼロスが生きている以上、その海の先にこそ神島アルカディアが存在するはず。

そう判断したセレスたちは、教会の追っ手を振り切って海洋都市にたどり着いた。

「それじゃあ情報収集するわよ」

「ああ。行方不明になった三人は有名人だからね。情報は必ずあるはずだ」

闇の勇者アーク、破滅の魔女エリー。

正義の心を秘め、決して悪として見られるべきではない高潔な二人。

堕ちた聖女である自分と一緒にいるがゆえ大陸から指名手配されてしまった二人は、それでも責めることなく傍にいてくれる。

セレスにとって誰よりも信頼できる、かけがえのない親友だった。

「やっぱり、ここには来てたみたいですね」

それぞれ情報を収集した結果、やはり七天大魔導の三人がここから海に出たことは間違いないらしい。

問題は、その行き先――。

「いくら話を聞いても、わかりませんでしたね」

「箝口令《かんこう》が敷かれていたみたいだから、仕方ないわよ」

大勢の兵士たちと、大量の食材や備品を乗せて出航したということ。

結果、誰一人戻ってこなかったということ。

酒場に集まった三人が集めた情報は、すべて同じものだった。

「困ったね。王国軍が動かした船じゃ、行き先を知ってる人間なんていないだろうし……」

うーん、と三人で頭を悩ませる。

これが市井の船を使ったのであれば、業者を探せばいい。

しかし軍が関わっているとなると、指名手配を受けているセレスたちはもうお手上げ状態だ。

「とりあえず、この街の情報屋を探すしかないわね」

「でもエリー、情報屋なんて簡単に見つからないし、なにより危険かも」

なにせ王国軍が隠している情報だ。

そこらの酒場で見つけられる程度の情報屋では、ガセネタを摑《つか》まされて終わりだろう。

アークたちは指名手配犯でもあり、迂闊な行動は自分たちの首を絞めることになりかねない。

「とりあえず、今日は休もう。久しぶりにベッドで寝られるんだしね」

「……ま、そうね。ゆっくりもしてられないけど、七天大魔導クラスでない限りは追っ手も返り討ちに出来るでしょうし」

「そうですよね」

いくら慣れているとはいえ、長旅を続けてきた三人だ。

久しぶりに飲むエールや、丁寧に調理された温かい料理は、心をほぐしていく。

そうして雑談に興が乗ったところで、隣のテーブルに人がやってくる。

「……あれぇ？」

「……え？」

聞き覚えのある声に、最初に気付いたのは、セレスだった。

どうしたの？　とアークたちが不思議そうに視線を追う。

四人組だ。そのうち二人は見覚えのある人物。

「……」

「……」

全員が沈黙。

四人のうち、フードをかぶった小柄な人物だけがなにも気にせずに席に座る。

老魔法使いは戸惑った後、それに続き、残りの二人も同じように座った。

「……」

「……」

そうして先ほどまで意気揚々と会話をしていたセレスたちも、黙々と食事を再開した。

ただ、その顔は全員気まずそうだ。

「いや無理でしょ!?」

席を立ち、テーブルをバンっと叩きながらエリーが叫ぶ。

酒場は繁盛しており、海の男たちが多い。

それゆえに彼女程度の力で叩いた音など、周囲は気にもしない。

ただし、それは隣に座っている人たちには当然聞こえるわけで――。

「なんでアンタたちがここにいるのよ！」

「いやー、偶然ですねぇ」

「こんな偶然あってたまるかぁ！」

四人組のうち、こちらに反応を示したのは魅惑的な女性――カーラ・マルグリットだ。

彼女は人懐っこい笑みを浮かべながら、絶妙に頬を引き攣らせていた。

「隣に座って……こんな街中《まちなか》でやる気!?」

「いやいや、本当に偶然なんですよー。だって今日はみんなで楽しい旅行なんですから」

「……みんな？」

カーラの言葉に、セレスが疑問を覚える。

彼女と一緒に行動しているセティ・バルドルはわかる。

しかしあとの二人はいったい……。

「カーラ。食事時に騒がしいぞ」

ビク、とカーラの身体が止まった。

フードをかぶったまま声を発した人物は、鶏の丸焼きを手に持って豪快にかぶりつく。

こちらには興味がない、そう言いたげだ。

「あ、ははは一。そうですよね一……食事は静かに、ですよね一」

カーラ・マルグリットは狂気を身に纏ったような女。

そういう噂が流れ、同時に直接対峙した三人はそれが真実だと知っている。

そんな彼女が今、完全に怯えた様子を見せていた。

つまり、このフードの少女は、カーラよりも格上で――。

「……聖女か」

「え？」

それだけ言うとフードの少女は黙々と食事を再開した。

小さい身体に食べ物が次々と入っていく様子は、ただ美味しそうに食べているだけにしか見えない。

「ところであのー、聖女たちを追い詰めて最果ての孤島の情報を得るんじゃなかったでしたっけー？　たしか最重要任務って話だったと思うのですけど……」

「「っ――!?」」

カーラの言葉でセレスたちに緊張が走った。

前回の戦いで、カーラとセティの二人にすら勝てなかった三人だ。

さらなる戦力。しかも残りの二人の実力は、カーラたちをも上回ると推測出来る。

もしここで戦闘になれば、今度こそ終わりだろう。

一瞬、少女と目が合った。

フードの奥から覗く深紅の瞳は、どこまでも深く先を見通しているようで、セレスは恐怖すら忘れて見入ってしまう。

「今は食事が優先だ」

だがそんなセレスたちの懸念など知ったことかと言わんばかりに、食事に集中する。

これにはカーラも呆れてしまい、そしてすぐにいつものように笑い出した。

「ま、そういうことなので過去は水に流しましょー」

「っ――！　そんなわけ！」

「エリー。落ち着いて」

一瞬、エリーがその言葉に食ってかかろうとする。

しかしすぐにアークが抑え、セレスもまたその言葉に嘘がないと判断しエリーを止めた。

もしここで彼女たちの気が変わり戦闘になったら、自分たちの身を守ることもできないまま街が滅んでしまう。

それほどまでに力の差があるのだ。

「くふふ、良い判断です」

自身の席に戻ったカーラも食事を再開、しようとしたところで自分の席になにも置かれていないことに気付いた。

「あれぇー？　私の分は？」

セティは自分が注文したものを食べ、老魔法使い――七天大魔導『第二位』ゼフィール・アントマンも我関せずという風に食事を続けている。

そしてどう見ても一人分じゃない皿を並べているフードの少女を見て、ようやく自分の分が取られたのだと気付いた。

「……ま、また注文すればいいですからねー」

引き攣った顔でウェイトレスを呼ぼうとすると、フードの少女がその手を押さえた。

「食事は終わりだ」

「え？」

「次はこいつらに尋問するぞ」

「えぇー……」

十分食べて満足したらしいが、あまりにも自己中心的な行動にさすがのカーラも呆れてしまう。

ゼフィールとセティはなにも言わず、自分の食事を食べるだけ。

——本当に、協調性がない人たちですねー。

自分のことを棚に上げて呆れるカーラは、とりあえず自分たちのリーダーである『第一位』に従うことにした。

「こんなところでやり合おうっての!?」

先ほどまでと打って変わって敵対の姿勢を見せる少女に、エリーが焦って声を上げる。

周囲にはバカ騒ぎをする人々。

海洋都市ということもあり、海をなわばりとする荒くれ者たちが興味深そうに見ているが、彼らは知らないのだ。

この小さなテーブルにいるメンバーだけで、都市どころか国すら堕とせてしまうという事実を。

「これだけの人がいる前で戦えば、そちらもまずいのでは？」

「戦う？」

冷静に、と自分に言い聞かせたアークがそう問いかけると、少女は首をかしげる。

もしや戦闘をする気はないのでは、と一縷《いちる》の希みを見出した、そのとき――。

「貴様らと私では、戦いにすらならんと思うぞ」

「なっ――!?」

「こ、れ……」

「あぁ!?」

突如、すさまじい重力場が発生し、三人は耐えることも出来ずに倒れてしまう。

前兆などなにもなかった。魔力が生まれる瞬間すらわからなかった。

勇者アークは人類でも最強クラスの実力を持っているし、仲間の二人だってそうだ。

その三人が、その予備動作すら見えないまま、こうして地面に這いつくばっている状況は――。

――格が、違いすぎる!?

カーラとセティの二人と対峙したとき、それほど力の差を感じなかった。

状況によっては倒せるかもしれないと思ったし、少なくともいずれ追いつき、追い越すことも出来るだろうと。

しかし、この少女は……。

「質問だ。貴様らは最果ての孤島を知っているか？」

「最果ての、孤島……？」

少しだけ重力が弱まる。

おかげで話すことは出来そうだが、彼女の求める答えを三人は知らない。

彼らの知る島の名はアルカディア。

最果ての孤島などという名称ではない。

「ふむ……質問を変えよう。貴様らはレイナとゼロスを召喚したらしいが、どこから来たかを知ってるか？」

「知ら……ない」

「そうか」

「がっ――!?」

淡々と、感情のない声で一言。

それだけでアークにかかる重力がさらに大きくなる。

「アーク!?」

もう言葉すら発することの出来ない状況に、比較的軽い状態の二人がなんとか抜け出そうとするが、彼女の魔法はびくともしない。

「次は貴様だ」

「知らないわよ！　私たちだって今必死に探してるんだから！」

「そうか……」

「く、ふっ……!?」

エリーにかかる重力が増す。

かつて世界の希望として戦った勇者パーティーが、たった一人に蹂躙される様は、彼らの実力を知ってる者が見れば驚嘆することだろう。

たった一人で災厄級の魔物以上の力を持つ、真正の化け物。

それを前に、セレスはどうすればこの場から逃れられるかを必死に考えていた。

「さて、元聖女。貴様はなにかわかるか？」

「わかりません……」

「貴様がこれまで行ってきた神獣召喚。そこにレイナたちが現れたらしいな。つまり貴様は、やつらが今どこにいるかわかるのではないか？」

「……わかりません」

本当にわからないのだ。

神獣召喚は教会ですら本来の力がどのようなものか知らない。

わかっているのは、神によって選ばれた聖女に本当の意味で危険が迫ったとき、自身を守護してくれる存在を呼び寄せる秘術であることだけ。

実際、彼女が今まで使用して、同じ相手が出てきたことはない。

最初は現人神であるアラタ。二度目は神殺しの魔王であるヴィルヘルミナ。そして前回はアラタの嫁と友人である二人。

どれもアークたちをも圧倒するだけの力を持っていた。

ふと、ヴィルヘルミナの言葉を思い出す。

――なぁに、すでに縁は結ばれた。もしお前たちが本当にアラタに会いたいと思えば、きっと私たちのところにもやって来れるさ。

「縁……」

「ん？」

「縁が強くなれば、自然に辿り着けるとおっしゃってました」

ただ一人、すべての事情を把握しているようなヴィルヘルミナの言葉は、少女にとっても重要だ。

ただの言葉遊びにも聞こえるが、あれだけの力をもった存在が念を押すように話した内容。

きっとそれには、意味がある。

「そうか……」

先ほどまでと同じような、淡々とした声。

また重力が強くなる、と身構えたセレスだったが、不意に身体が軽くなった。

「え？」

「情報提供、感謝する」

それだけ言うと、フードの少女は何事もなかったかのように自分の席に座り、戦々恐々としているウェイトレスを呼んで、再び料理を注文し始める。

「あ、え……？」

事態を把握できないセレスたちは立ち上がりながら、どう動くべきか判断に迷った。

このまま一目散に逃げればいいのか、それともこの場にとどまるべきなのか。

普通なら前者だろうが、少女は普通に食事を再開してしまう。

ほかの面々も慣れているのか、あまり動じないし、自分たちに敵意を向けてくることもない。

アークたちも困惑したままで、このままではらちが明かないと思ったセレスが声をかけようとすると、先に少女が口を開く。

「……明日、船を出す」

「は？」

そんな間の抜けた声が自分から出たことよりも、その言葉の意味に驚いた。

まさか今のは――。

「つまり、あなたたちも一緒に行きましょうってことですよー」

「はぁ!?　私たちがアンタらと!?　ふざけてんじゃないわよ！」

「ふざけてなどいないぞ」

「っ――!?」

つい先ほどまでほぼ敵対状態だったというのに、少女はまるで気にしていない。

それが当たり前のことなのだと言わんばかりに、食事を続けていた。

「貴様らの言う『縁』。それが最果ての孤島へ辿り着くための最後のピースだと言うのであれば、着いて来てもらおうではないか」

「なるほど……おっしゃる通りですな」

ナプキンで口を拭ったゼフィールが、意味を理解して同意を示す。

ここからは自分が指揮を執《と》る、と立ち上がり、そのままセレスの近くにやってきた。

「聞いての通りだ聖女殿」

「それに、私たちが同意するとでも思っているのですか？」

「妙なことを言う。目的地が同じであるなら、一緒に行動した方がいいだろう？」

それはそうだ。

だが同じ船に乗るということは、寝食を共にするということ。

「あんたらが信用出来ないって言ってんの！」

横からエリーが声を荒らげる。

彼女の言う通り、とても信用出来る相手ではない。

ましてや、直接戦闘になれば勝ち目などなく、海という逃げ場のない場所で一緒に行動出来るとは思えなかった。

「いや、一緒に行こう」

「え？」

「アーク!?　なに言ってんのよ!?」

「ふむ……」

アークの言葉に自分を含めほとんどの者が驚く。

驚かなかったのは、未だに食事の手を止めないフードの少女のみ。

「いいかいエリー。彼らはやろうと思えば、いつでも俺たちを殺せるだけの強さを持っている」

「……だから？」

「やろうと思えばここで全員気絶させて、強制的に船に乗せることも出来るってことだよ」

「っ――!?」

そうしないことこそが、彼らを信用してもいい理由。

理屈はわかるが、セレスとてそう簡単に頷けるものではない。

「それに、俺たちには海を渡る船なんてないだろう？」

「そんなの、この街にある船を借りたら……」

「どこまで進むかもわからない旅に、いったい誰が着いて来てくれる？　ましてや、向かう先は誰一人帰ってこない場所だ」

「……」

アークの言葉に、エリーがなにも言い返せずに黙り込む。

そして堂々とした立ち振る舞いでゼフィールと向き合った。

「皆さんは、最果ての孤島に向かうんですよね」

「そうだ。どこにあるか、どうやって行くかすらわからなかったが……聖女の言葉が真実なら、自然に辿り着けることだろう」

「なるほど……なら、お願いします」

アークはそれが当然だと、頭を下げる。

相手から無理やりではなく、こちらからお願いする形。

おそらくゼフィールたちも、最果ての孤島の場所を正確に把握しているわけではない。

だが消えた七天大魔導の面々が神獣召喚された以上、間違いなくこの海の先に繋がっている。

そして辿り着くためには強力な『縁』が必要なのだとしたら、自分たちだけでなく、同じ七天大魔導の彼らの『縁』もあった方が、可能性は高くなるだろう。

「なるほど。勇者か……」

そう呟いたのはゼフィールではなく、フードの少女。

「最初は聖女が鍵かと思ったが案外……面白い」

これまで食べること以外に興味を示さなかった彼女が、少し楽し気にアークを見た。

「ゼフィール。こいつらを絶対に死なせるなよ」

「はい、承知しております」

「出発は明日の早朝だ。遅れるな」

そうして食事に満足したのか、少女は立ち去ろうとする。

ゼフィールは会計をしに行き、残りの二人は少女の後をついていった。

そして残されたセレスたちは――。

「「はぁぁ……」」

力を使い果たしたように椅子に座る。

そしてテーブルにうつ伏せになったエリーが、弱々しくも言葉を紡ぐ。

「ねえアーク、本当にこれでよかったの？」

「……多分、ね」

「そ、ならいいわ」

絶体絶命のピンチから生き残ったこと。

そしてこれから彼らとともに行動しなければならないこと。

色々とあったが、結局は命あっての物種《ものだね》だ。

「きっとこれも、アラタ様のお導きですから」

「そうだとしたら、アラタ様はよっぽど私たちに試練を与えたいのね」

「あ、ははは……」

これまで起きた出来事を振りかえると、試練が過酷すぎたのは間違いない。

だがそれでも乗り切った。

そしてこれからも、乗り切ってみせる。

「まあいいわ。たとえなにが起こるかわからない最悪な航海だとしても、あのメンツがいればマシでしょうし」

いざとなったら盾にしてやる、と意気込むエリーを見て、セレスは笑う。

そして翌日――。

ゼフィールが用意した船に乗り込んだ一行の姿を見たものは、大陸に一人としていなくなるのであった。

第十章　友達のために

ルナが成人の儀を終えてから二週間。

あれから特に異変などもなく、毎日を楽しそうに過ごしている。

だいぶ力を自由に使えるようになったらしく、みんなの前で大人の姿を披露したりしていた。

「さて、っと」

夜、俺は外に出て顔を上げる。

人工的な光がほとんどないこの島は、空気が澄んで星々がよく見える。

満月から照らされる光と合わさって、ここが日本ではなく幻想世界なんだと強く思った。

この島に来てからかなりの時間が過ぎたが、何度見てもこの星空は俺の心を満たしてくれる。

「行くか」

飛行魔法で空を飛び、森を抜け、岩山を越えて、古代龍族の里よりさらに北。

海へたどり着くと、小さな孤島が並んでいた。

このあたりに来るのは初めてで、だけど目的地はすぐに見つかることになる。

「あれだね」
自然豊かな孤島の中で、一つだけ氷山に覆われた島があった。
その中心にはまるでヨーロッパにあるような巨大な古城。
――来たか。
巨大な扉の前に降り立つと、そんな言葉が脳裏に響いてきた。
ギギギと鈍い音とともに扉が開いたので、足を踏み入れる。
城の中は、まるで氷によって時が止まっているような静寂に満ちていた。
「本当に、ゲームのラストダンジョンみたいだ」
最初に目に入るのは長く延びた赤い絨毯。
その先には巨大な階段があり、いくつもの扉や通路があった。
――迷わず前だけを見ろ。
再びヴィーさんの声が脳裏に響く。
その声に従って階段の奥にある扉を開くと、長く続く廊下があった。
センスのない俺でも高そうだと思う壺や調度品の数々。
天井が高く、窓から月明かりがしっかり入ってくるおかげで闇は避けられている。
もしこの城を探索しようと思ったら相当な時間がかかりそうだ。
「今度、スノウも連れてきてあげようかな」

孤島の周囲には氷山が並んでいるからか、城の中はかなり涼しい。

ここならかくれんぼだって、鬼ごっこだってやりたい放題だ。

ヴィーさんもスノウのことを可愛がってくれているし、きっと許してくれるだろう。

そんなことを考えていると廊下は終わり、巨大な扉が目に入った。

今度はなにも言われず、俺はその扉を開く。

「よく来たな」

呟いたような声ですら響き渡る、静寂の空間。

松明すら必要のない、星と月の輝きだけが満たす、幻想の世界。

巨大な階段の奥の玉座で足を組み、こちらを見下ろす黄金の吸血鬼。

「きれいな場所ですね」

「ああ、自慢の部屋だよ」

世界から切り取られた場所、と言われても信じてしまいそうだ。

宇宙に一つだけ放り出された部屋、と言われたらそうだろうなと思うかもしれない。

それほどまでに、この部屋は『異質』だった。

「寂しくないですか？」

「そんな感情は、とっくに失ってしまったさ」

くくく、と俺を見下ろす深紅の瞳の奥に、闇が広がっているような気がした。

「私の命を狙う者は、みんな世界のためだと言ったよ」

「ヴィーさん、面倒くさいですもんね」

「おいおい、さすがに世界規模で面倒な女だと思われるのは心外だぞ？」

少しおどけた様子で手を広げた彼女は、ただ楽しそうだ。

まるで過去を思い出すように、愛おしいと思うように、いくつものことを尋ねてくる。

俺はそれに一つ一つ返事をする。

この問答に意味はない。だがそれでも、彼女にとっては重要なことなのだろう。

だから俺も、真剣に答えた。

「貴様はなんのためにここに来た？」

「友達の望みを叶えるために」

「友達、か……本当に馬鹿なやつだなぁ」

これが最後の質問だったのだろう。

少しだけ、ヴィーさんの瞳が優しくなった。

「さて、それでは貴様が望みを叶え、栄光を手に入れられるように……始めようか！」

気付けばヴィーさんの手には、先端に氷の水晶が付いた木の杖が握られていた。

それを軽く振るうと同時に、すさまじい魔力が吹き荒れる。

「っ――」

暴風と冷気が襲いかかり、思わず数歩後ろに下がってしまう。

しかしそこまで。

冷たいなにかが俺の背中にぶつかり、止まる。

振り向くと、俺の背後、それに周囲一帯に氷山が出来上がっていた。

「やはり効かんか……この島の魔物程度なら氷漬けに出来る威力だったのだがな」

すぐ傍から声がした。

気付けば先ほどまで玉座に座っていたヴィーさんが目の前にいたのだ。

「っ――!?」

「判断が遅いぞ」

腕を振りかぶると同時に、彼女は俺の腹部に軽く手を当てる。

たったそれだけのはずなのに、まるでダンプカーにでも撥ねられたような衝撃が走り、背後の氷の壁に身体が埋まる。

「かは――」

思わず空気が零れた。

痛みはない。だがしかし、それでも今の攻撃は『俺』になにかを与えたのだ。

「さて、とりあえずこんな感じで何発かやってみようか」

「こんな、の！」

「甘い」

俺が力尽くで氷から脱出しようと力を入れようとすると、ヴィーさんが先回りして手を添える。

「貴様の身体が化け物なくらい、よくわかっているんだぞ？」

前に進もうとした力はなぜか逆方向に向かい、そのせいで上手く脱出出来ない。

その間にヴィーさんは俺の腹部に何度も触れる。

「内部に直接攻撃を加えてもダメージはなし、か。なんとも倒すのが面倒な身体をしているな」

「そいつは、どうも！」

身体でどうにかしようとしても邪魔をされる。

だったら魔力で全部吹き飛ばす、と魔力を解き放った。

「おっと」

氷山がはじけ飛び、勢いで城の窓がすべて破壊され、しかしヴィーさんはいつの間に移動したのか玉座近くに立っていた。

その背後には無数の氷柱《つらら》。

「行け」

まるでミサイルのように飛んでくるそれは、過去に風呂場を破壊したのと同じ魔法だ。

しかしそこに込められた魔力は当時とは比較にならない。

一発一発にレイナたちの全力以上の力を秘めたそれが、すさまじい勢いで俺に迫ってきた。

「それは俺には効かないよ！」

迎え撃つように身体に力を入れて、当たりそうなそれをすべてたたき落とした。

当たってもダメージはないと思うが、衝撃で体勢が崩れたらなにをされるかわからない。

今度はヴィーさんに近づかれても対応出来るよう、彼女から目を離さないように……。

「おいおい、そんなにじっと見られたら――」

――恥ずかしいじゃないか。

そんな心にもない言葉が聞こえたかと思うと、突然視界が暗くなる。

いきなりのことに動揺してしまったせいか、氷柱が俺に当たり出す。

「っ――」

痛みはない。だけどもしこの身体じゃなかったら俺は、今ので何度死んだ？

そんな思いが脳裏に宿る。

――さあ、ここからだ。

連続して飛んでくる氷柱を、俺は感覚だけでたたき落とす。

たとえ目が見えなくても、集中すれば周囲の音だけでなにが起きているのかわかるのだ。

すぐ近くに人の気配。

おそらく先ほどのように、氷柱に紛れて近づいてきたヴィーさんだ。

出来るだけコンパクトに、素早さ重視で腕をなぎ払うと、なにかが砕けた音が聞こえた。

同時に弾けるすさまじい爆音。

俺の周囲に設置されていたからか、連鎖的に破裂していく。

それを間近に受けた俺は、怪我こそしなかったが……。

「音が、聞こえない!?」

集中していつも以上に聴覚が敏感だったせいか、世界から音が消えていた。

視覚は暗闇に、音は聞こえなくなり、絶え間なく飛んでくる氷柱と思《おぼ》しき攻撃。

「くそっ」

ダメージを受けないだけで衝撃はある。

そのせいで体勢が崩れ、俺は今自分がどういう状況なのかすらわからなかった。

集中しろ！　たとえ目が見えなくても、音が聞こえなくても、空気の動きを感じればなんとなくわかるはず！

目が見えない分、他の感覚が鋭くなるのは以前から検証済みだ。

「……」

風が消える。そのあとに俺の身体に衝撃が走る。

これだ！　と俺は同じ動きをするものを片っ端から感じ取り、その射線上から身体を動かす。

なにかが通り過ぎる感覚。

見えない、聞こえないが気配は捉えた。

あとはヴィーさんの気配を……。

「ちょっと、ヴィーさん。これは……」

感覚が鋭くなったからこそわかる。

この城のはるか上空に、なにか巨大な塊が生み出されていることに気付いてしまった。

「ほう、この高さだとわかるのか」

爆音でやられていた耳が回復し、ヴィーさんの楽し気な声が聞こえてくる。

同時に、視界が回復した。

どうやら制限時間があったらしい。

「さっきまでの攻撃は、これを隠すために？」

「まあ、余興の一つだよ」

そうして俺はヴィーさんと目が合いそうになり、再び視界を奪われないように少し下にそらす。

彼女の手が、ゆっくりと地面に下ろされた。

「っ――」

「いちおう言っておくが、逃げ場などないからな」

その言葉とともに、ヴィーさんが魔力を放って城の天井を破壊し、同時に闇に消える。

「ちょ、まじかこれ……」

残された俺が破壊された天井を見上げると、そこに空はない。

あるのはただ、星の光を反射するほど美しい氷の塊。

「いや、いくらなんでも大きすぎだって！」

本来あるはずの夜空が、どこにも見えない。直径数百メートルはありそうなそれが空を遮って落ちてくる。

かつて見たことがないほどの大きさ。

以前落ちてきたエンペラーボアですら、これに比べたら小さなものだ。

「くそ！」

俺の身体はたしかにとんでもなく健康だ。

これを健康と言っていいのかよくわからないが、その結果凄まじい力を持つようになった。

実際、神獣族一の力自慢であるガイアスやティルテュ、ギュエスですら俺には敵わない。

だがそれでも、限度はあって――。

「これは、受け止めきれない！」

死なないだろう。怪我もしないと思う。

だがしかし、あれがそのまま落ちてきたら、きっと俺は潰れて動けなくなってしまうだろう。

それは実質、敗北。

「受け止めきれないなら……」

俺は思い切り足を踏ん張り、腰を落とす。

そして腕に力を入れて、落ちてくる氷塊を睨みながら——。

「ぶっ壊す！」

思い切り振り上げた拳が氷塊にぶつかり、しかしあまりの重量に、壊れていく城ごと俺の身体が地面に沈みそうになる。

「う、おおおおおお!?」

だが、氷塊は俺の一撃を受けたからか、それとも自重に耐えられなかったからか、ビシビシと甲高い音を立てて罅《ひび》が入っていく。

城が完全に破壊される前に、もう一撃！

「これで、壊れろぉおおおお！」

右手が押されて引っ込むと同時に、左手を突き出した。

罅の入った氷塊は、その壊れる速度が一気に上がり、今度こそ粉々に砕け散る。

それでも一つ一つがエンペラーボアのように巨大ではあるが、この程度であれば俺の動きを阻害することは出来ず、当たりそうなものから粉々に砕いていく。

「あ、危なかった……」

まさかあんな攻略法を取るとは思わず、さすがに焦る。

ただの攻撃であればきっと、歯牙《しが》にもかけないだろう。

あれに潰されて海に落とされてたら、完全に身動きが取れずに負けていた。

「……なんというか、本当に凄いな」

多分、ほとんどの人は俺と戦っても勝てないだろう。

うぬぼれとかじゃなく、神様から貰ったこの身体のスペックはそれだけ異常なのだ。

だがヴィーさんは実現可能な範囲で勝とうとしていたし、実際に俺が対応をミスれば本当に負けていた。

「勝つために、ここまでするんだから……」

「……」

下を見ると、魔法の影響で城は粉々に破壊され、海は激しい波で荒れている。

魔法で空を飛びながら、ヴィーさんがいるであろう上空へと向かう。

そこにはニヤニヤと、こちらをあざ笑う吸血鬼の少女。

「くくく、慌てているお前はなかなか面白かったぞ」

「くっ！　本当に性格悪いですね！」

「まあな！」

完全に開き直って言い切ったぞこの人！

「自分の城を壊して良かったんですか？」

「なあに、城くらいまた出せばいい」

「出せば？」

「ちゃんとここに保管してるからな」

そうして彼女の背後に、超巨大な収納魔法のような空間のゆがみが発生する。

どうやら城ごと収納魔法に詰め込んでいるらしい。

「だからこの島にあんな人工的な城があったんですね」

「収納魔法なら、ここになんでも持ってこられるからな」

というか、城をぽんぽん出せるくらい持っているのか。

さすがは最古の吸血鬼だけあって、ファンタジーな存在だ。

「こちらと何千年と不死をやっているのだ。殺せない相手などさんざん遭遇してきたものさ」

「そうですか」

本当に、経験豊富なんだろう。

さっきのだって、俺が咄嗟に壊そうと思わなかったら押し潰されて負けていた。

「まあ夜は長い。もっと遊ぼうじゃないか」

「そうですね」

俺の目的は、ヴィーさんが満足するくらい殺し合うこと。

どうやらまだまだ足りないらしいが、それでも十分楽しそうにしている。

「今度は俺から攻めさせてもらいますよ」

「おお、いいいな。楽しみだ！」

俺は浮遊魔法に魔力を込める。

これはただ浮かび上がるだけだが、以前ティルテュと追いかけっこをしたときのように、一気に速度を上げることも出来る。

一気に距離を詰めて、ヴィーさんを吹き飛ばす勢いで殴る。

「甘いなぁ」

「え？」

当たった、と思った瞬間には俺の身体が上下逆さまになっていた。

なにか攻撃をされたわけではないし、力を込められた訳でもない。

ただ腕を摑《つか》まれて、合気道のように俺の力は完全にいなされてしまった。

「力任せの攻撃など、私に通用するわけないだろうに」

そうして黒いワンピースを翻しながら思い切り足を上げて、かかとを落としてきた。

凄まじい衝撃とともに上空から海に落とされる。

――今の、普通だったら死んでるって！

それくらい容赦のない攻撃だが、止まるわけにはいかない。

なぜならヴィーさんに時間を与えてしまうと、先ほどのように『動きが取れない状態』にされてしまうからだ。

今も海面が凍りかけていて、慌てて海水をかきわけて、再び空へ。

先ほどの魔術の影響で雲一つない夜空はあまりにも美しく、満月を背に浮かぶ黄金の少女は神々しくすらあった。

「意外と早かったな」

「おかげ様で、水浸しですよ！」

「ははは、いい男になったじゃないか！」

ピシピシと、俺の身体が凍り始める。

身体に纏わりついた海水を、凍らせたらしい。

本当に、ちょっとした会話の中からでもすぐに嫌がらせをしてくるな！

魔力を高めて抵抗すると、凍り始めていた海水はそのまま下へと落ちていく。

「なあ、前から気になっていたんだがな」

「なんですか？」

「貴様の服、おかしくないか？　凍らせたはずなのに、なんで破けないんだ？」

「……さあ？」

俺だってわからない。

ただ以前ティルテュの炎が当たったときだって燃えなかったし、そういうものだと思うことにしていた。

「まあいい、そろそろ続きといこうか」

ヴィーさんが杖を構えると、魔法で出来た蛇のような龍が八匹。

それぞれの属性とでもいうのか、氷や闇だけでなく、炎、風、雷、光、水に土の龍が空を埋め尽くした。

圧巻の光景だ。だが同時に、俺にとって脅威と思えるほどじゃない。

「それ、多分俺に効きませんよ？」

「どうせなにも効かないんだ。だったらなんでもやってみるに限るさ」

それはきっと、彼女がこれまでの経験で得た戦い方なのだろう。

ヴィーさんを中心に、龍たちが大きな口を開けて襲いかかってくる。

魔法で出来たそれらが内包する魔力は凄まじく、この島で凶悪だと言われる魔物たちでさえ掠《かす》っただけで滅んでしまいそうな威力だ。

とはいえ、まっすぐ飛んでくるような攻撃が俺に通用するはずもない。

「喰らえ！」

最初に飛び込んできた炎の龍を拳で殴ろうとする。

一撃で吹き飛ばせるだろうと思ったのだが、急に進行方向を変えて躱《かわ》されてしまった。

「さあ、踊れ」

ヴィーさんが杖を操ると、龍たちは俺の攻撃が当たらない位置で上下左右に動き回る。

俺が近づくと離れ、離れると近づく。

一定の距離を保ちながら、時々その身に宿った属性で攻撃を仕掛けてくるのは、ただの嫌がらせにも思えてきた。

炎を受け、土は弾く。

氷と風で俺の動きを止めようとするが止まらず、闇が包んでも吹き飛ばした。

「ん？」

一瞬、動きが止まる。

だがそれもすぐにいつも通り動いたので、気にせず龍を倒しに行く。

龍たちの動きは速いが、それほど複雑というわけではない。

一定の距離を取っているが、それも全部ヴィーさんが操作しているから。

「だったら！」

俺は全力で炎龍に飛びかかる。

今まで通り逃げ出すが、追いかけると他の龍たちも追いかけてきた。

どんどん速度が上がっていく中で、俺は急ブレーキ。

思わず前のめりになり風で髪の毛が逆立つが、その動きに対応出来なかった龍たちが近づいてくる。

振り向いて、一気に逆走。

俺の速度と龍の速度が合わさり、俺の拳が逃げようとする風龍と氷龍を粉々に砕いた。

「よし！　次！」

すでに最初から取られていた絶妙な距離は崩れている。

おかげで順番に光龍、闇龍、土龍、水龍と倒し、残ったのは炎龍と雷龍のみ。

「残り二匹なら――」

――混ざれ。

ヴィーさんの声が聞こえてきた。

と同時に、炎龍と雷龍が混ざり合う。

先ほどと異なり、雷炎が身を包み、翼を生やして手足が生まれ始めた。

そうして二匹は一匹に、巨大な龍……というよりドラゴンとなる。

「えぇ……」

もはやゲームのラスボスのようなドラゴンが俺を睨み、口から凄まじい魔力を収束させている。

その威力は、俺の背中が少しヒリヒリするくらい。

つまり、直撃したら少しはダメージが通ってしまうレベルということだ。

「っ――!?」

解き放たれた炎雷の光線が迫る。

当たったら痛そうだと思って避けると、そのまま遥か遠くの空を貫き、海が割れた。

もし島で今の一撃を放ったら、俺の住んでいる森くらいは吹き飛ばしそうな威力だ。

「けど、これで終わりだ！」

力を使い切ったのか、身動きが取れない炎雷のドラゴンに一気に迫り殴り飛ばす。

パラパラと月夜の空に炎と雷の粉が舞い、美しい光景が広がった。

「よし、あとは――っ!?」

すべての龍を倒して再びヴィーさんを見ると、彼女は楽しそうに嗤《わら》っていた。

彼女の上空には巨大な紋章が広がっており、バチバチと激しくスパークしたそこに、すさまじい魔力が宿っている。

それは、先ほどの炎雷のドラゴンが放ったブレスよりさらに強大な力を秘めていて――。

「さあ、受けるが良い」

「ちょっ!?」

紋章から生み出された雷撃が音を置き去りにし、遅れて轟音を立てる。

テュルテュの破壊光線以上の威力を持つそれを避けるには、俺の体勢が悪かった。

慌てて防御体勢を取ると同時に光が俺を呑み込み――。

「い、っ……！」

ヒリヒリと、連続して静電気を受けたような痛みが続く。

もしくは輪ゴムでバチンと弾かれ続けるような、どちらにしてもこの身体になってから感じる初めての痛みに、俺は思わず顔をしかめてしまう。

しばらくして、雷撃が止まる。

「い、痛かったぁ……」

「……いや、私も散々化け物と呼ばれ続けてきたが」

ヴィーさんが呆れたように俺を見る。

「あれを受けて、ちょっと痛そうにされるだけなのは初めての経験だな」

「いや、本当に痛かったんですよ！」

ちゃんとガードさえすれば、ティルテュの破壊光線だってちょっと痛いくらいで済むのに、今のは本当に痛かったのだ。

というか、こんなに痛みを感じたのは初めてだ。

しかもヴィーさんはまだ余力があるし、これは俺も本気の本気でやらないと負けてしまうかもしれない。

防戦一方はまずい、と再びヴィーさんに近づいていく。

「次は、こっちの番です！」

「おいおい、それじゃあさっきの二の舞だぞ？」

俺の動きが完璧に見えているヴィーさんに腕を掴まれそうになったところで、引っ込める。

そして反対側の腕を無理矢理動かして攻撃。

「あのなぁ……」

俺のフェイントに引っかかることなく、軽く躱されてしまった。

「私が何千年、殺し合いをしてきたと思ってる？」

「っ――」

まるで王宮でダンスを踊るように、引っ張られる。

たったそれだけなのに、凄い力で抵抗できない。

「ふふ」

いつの間にか反対の腕も取られて、目の前にヴィーさんの顔が迫る。

まるで血を凝縮したような、深紅の瞳。

瑞々しい唇からわずかに見える人とは異なる牙。

月と星に照らされた黄金の少女は、幻想世界のお姫様のように美しく、物語に出てくる魔物のように恐ろしい。

「さあ、ここからどうする？」

俺をからかうようにそんなことを言うが、パワーなら俺の方が上のはず。

そう思って腕を引いたり、前に押し出したりしてみるが、まるで抵抗がないのに俺は踊るように
クルクルと回ってしまう。

「ははは、いいぞ中々上手じゃないか」

「くっ！」

「だが表情がよくない。なぁアラタ、貴様は本当に――」

――私を殺す気で来たのか？

「っ――!?」

ヴィーさんと目が合う。

これはまた視界を封じられる、そう思って慌てて視線を逸らそうとするが、なぜか動けない。

――これは、温泉のときの!?

「貴様の身体はたしかに凄まじい。神の中でも最上位の者が作ったのだろう」

ヴィーさんから目が離せない。

まるで俺のすべてを見透かそうとしているかのような、闇に呑まれた瞳。

「だがどうにもチグハグだ。最強の肉体を持った最強の戦士を作り出したにしては、中身も、そして耐性すら中途半端。なぁアラタ……貴様はいったい、神になにを望んだ？」

「俺、は……」

俺が望んだものは――。

「平穏。誰にも壊されない、一人で生きていけるだけの身体……」

ほぼ無意識にそう呟いた俺の言葉を聞いて、ヴィーさんの瞳から光が消える。

同時に俺にかけられていたであろう魔法の効果が解けた。

「なんで俺に魔法が……？」

「言っただろう、耐性も中途半端だと。貴様を害するものに対して無差別に発揮する力も、害なく使えば有効ということだ」

目の前でヴィーさんが生み出した炎が夜空を輝かせる。

それを顔面に押しつけられ、熱さは感じないが炎という根源的な恐怖のせいか思わず目を閉じてしまった。

「一人で生きていけるだけの身体か……」

「え？」

「それを望んで破滅したやつを、知っている」

まるで過去を思い出すような、寂しげな声。

「生物は、一人では生きていけん……もし一人でも平気な者がいるとしたらそれは――」

――生物にとって、重大なものが欠落しているのだろうな。

悠久の時を生き続けた彼女は今、いったいどのような顔をしているのか気になり、炎の中で目を開く。

燃える視界の先、ヴィーさんの紅眼が爛々と輝き、人とは明らかに違う超越者としての姿を見せている。

「その目……」

「さあ、遊びは終わりだ」

そう言った瞬間、彼女の目が黄金色に変わる。

「さあ、今度こそ本当に始めようか。私と貴様の、殺し合いを」

ヴィーさんがトロンとした魅惑的な表情の顔を俺に近づけてくる。

まるで愛しい人をその身で包み込むように両手を広げ――。

「ん――」

柔らかい唇が俺の口を封じ込めた。

なぜか抵抗する気が起きず、無理矢理こじ開けられた口の中で舌が絡む。

夜空の下、淫靡《いんび》な水音が脳裏に響く。

同時に俺の心臓の鼓動が破裂しそうなほど速くなり――。

「っ――!?」

慌ててヴィーさんを突き飛ばしたが、そのときにはもう俺の身体に『なにかをされた』後だった。

キスという、いきなりすぎる状況についていけず、それ以上に身体が熱くなった。

攻撃ではない。

ヴィーさんが言うように、明確な攻撃であれば俺の身体は受け付けないはずだ。

だけど身体は熱を帯びて呼吸は荒くなる。

こんなこと、この世界に転生してから初めてだ。

「おいおい、キスをした女をそんな風に扱うなよ」

「っ……ヴィーさん、これ……」

「ふふふ、いいなその獣の目」

――獣の目？

不意に、ヴィーさんが氷の魔術で俺の目の前に鏡を生み出した。

俺はそれを見て、自分の目が明らかに劣情に陥っていることを知る。

「これ、は……？」

「お前の雄を刺激しただけだ。ふふふ……今の貴様は、女とみれば襲いかかる獣だよ」

「そんなの、俺には効かない……はずじゃ」

「今までいろいろと試させて貰ったからなぁ。ちゃんと効くやつを選んだぞ」

――ふむ、なるほど。こういうのはちゃんと効くのか……。

温泉での一幕。

ヴィーさんはたしかにそう言ったが、あれはそういう意味だったのか。

「おいスケベ。今なに考えた？」

「スケベって……」

たしかに、今俺は温泉でのことを思い出した。

つまり、裸で全身を見せつけるヴィーさんのことを……。

「顔がエロいぞ。ふふふ、そうかそうか。貴様は今、私に欲情して、めちゃくちゃにしたくて仕方がないんだな」

「ち、違――」

「我慢するな。そうだな、私に勝つことが出来たら、この身体を好き放題して良いぞ」

――さあ、来い。

ヴィーさんが俺に手を伸ばした瞬間、俺の中の理性が吹き飛んだ。

第十一章　ヴィルヘルミナ

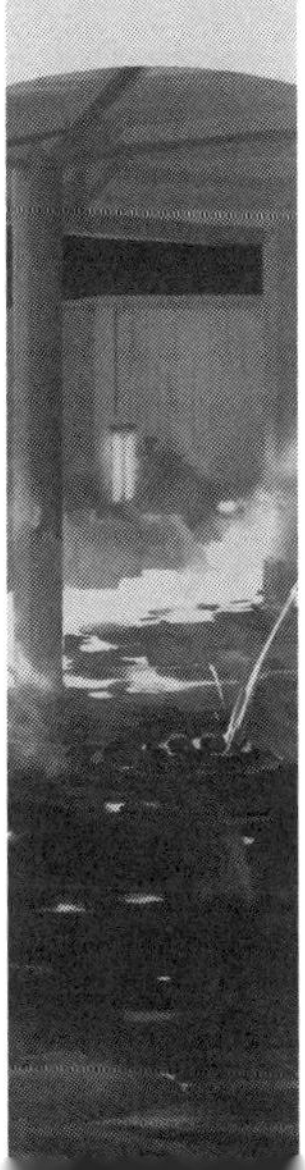

ヴィルヘルミナ・ヴァーミリオン・ヴォーハイムは真祖の吸血鬼である。

真祖とはすなわち、すべての吸血鬼の祖。

もし歴史書に吸血鬼の存在が記載されていたら、それはヴィルヘルミナが吸血鬼にした子か、その孫か、なんにせよ大本の原因は彼女にある。

人よりも先に生を受けた彼女は当初、自分が生まれた記憶は存在しなかった。

ただそこに『完璧な存在』として生み出された彼女は、より完璧な存在である神に挑む。

ヴィルヘルミナは楽しいとも辛いとも思わず、なにも感じることなく神々と戦い続けた。

そうして幾千年の時を過ごし、地上に人が生み出される。

その頃にはヴィルヘルミナも、神との戦いに意味がないことを理解し、長い年月の中で感情も手に入れた。

神々との戦いに、人間は耐えられない。

人々は畏《おそ》れ、嘆き、苦しみ、願った。

――どうか、我々とは違う場所で争ってください。

神はその願いを受け入れ、戦いは地上とは異なる世界で繰り広げられることになる。

そして、初めて剥き出しの感情を一身に受けたヴィルヘルミナは、完璧ではなくなっていく。

『完璧な存在』であった自分が、感情すら知らなかったことに疑問を抱くようになったのだ。

――人間を知ろう。

悠久の時を神々と戦い続けた彼女はようやく、自分でなにかをしようと思う。

ヴィルヘルミナが本気になれば、生み出された人類など片手で全滅させることが出来たが、それはしない。

人間を知るために最初にしたことは、人に紛れて生活をすることだった。

『完璧な存在』として生み出されたヴィルヘルミナは、人に扮することも出来たし、ごく自然に街に馴染んだ。

――これが、人間か。

小さな農村で生活をし、ある程度学んだらそのまま人の多い街へ。

西の端から始まり、大陸を回りながら、ヴィルヘルミナは人間について学習した。

ある程度理解した頃、人を超えた力を持つ彼女の名は広まり、利用しようとする者が現れる。

その頃には人にとっての善悪も理解していたが、自分がどちらに染まろうと問題なかったので、自分にとって害があるかないかで判断することにした。

最初は街のごろつきが、仲間になれと言ってきた。

断ると、敵対の姿勢を見せたので殺した。

そうなると、その裏で糸を引いていた者たちが動き出す。

人を知る、というヴィルヘルミナの行動を邪魔したので、組織を崩壊させた。

表社会で影響力のある者が、彼女を危険視して殺そうとしたので、それも殺した。

そうして、表も裏も、あらゆる人間がヴィルヘルミナのことを危険視するが、彼女の身体を傷つけられる者はいない。

当然だろう、その身は神ですら破壊出来ない『完璧な存在』なのだから。

次第にその名は広まり、大陸に一つの噂が流れる。

『悪さをすれば、黄金の吸血鬼が喰らいに来るぞ』、と。

ヴィルヘルミナにとって、名が広まることに興味はなかった。

ただ人として生活するうちに、なんの感情も持っていなかった頃と違い、楽しいということを覚えた。

だからこそ、もっと人間を知りたいと思う。

——私の邪魔をするな。

平穏を乱す者を殺し、戦争を起こそうとしている為政者を殺し、民を苦しめる支配者を殺した。

殺し、殺し、殺し、黄金色だった瞳はいつの間にか深紅へと染まっていく。

黄金の髪に深紅の瞳――ヴィルヘルミナ・ヴァーミリオン・ヴォーハイム。

人々はその名に恐怖し、畏怖を以《もっ》て『魔王』と呼ぶようになる。

自身が畏れられていると知った彼女は、このままではいけないと思った。

彼女の目的は人を知ることであり、決して脅かすことではなかったのだから。

――数百年、人里から離れれば忘れられるだろう。

人が近づけない北の大地に拠点を移し、そこに蔓延《はびこ》る魔物たちを駆逐しながら無為な時間を過ごす。

ある日、彼女の前に一人の男が現れた。

白銀の剣を持った男は、神に遣わされた勇者だと名乗り、地上を脅かす魔王を討伐するためにやってきたのだと言う。

ヴィルヘルミナに地上を脅かす意志などない。

しかし地上の災厄はすべて、この身が原因なのだと、大いなる者が言ったらしい。

――なるほど、神か。

どうやら神は、人類の驚異となった自分を終わらせる気らしい。

これまでの人間と違い、この勇者と神々の力を宿した白銀の聖剣は、自分を殺しうる力を持っているようだ。

『完璧な存在』の彼女なら、このまま殺されても良かった。

ただ、なにもせずに殺されてやるには、今の彼女は人間を知りすぎた。

生きたいという、生物なら誰もが持っているであろう本能を、彼女は後天的に身につけてしまったのだ。

死にたくない、死にたくないから、殺す。

それは神にとって予想外だったのだろう。

勇者はヴィルヘルミナによって返り討ちにされ、神剣を奪われる。

そうして彼女は数百年ぶりに自らを生み出した神々の世界に乗り込み、自らの親である神を聖剣で殺し――。

『神殺しの魔王』と呼ばれるようになった。

◇

星と月が光る夜の海上。

二つの光がまるで空を切り裂くように舞っていた。

「いいぞアラタ！　もっとだ！　もっと楽しませろ！」

ヴィルヘルミナの策略によって理性を飛ばされたアラタが、獣のように襲いかかる。

今のアラタに出来るのは、ヴィルヘルミナという女に自らの欲望をぶつけることだけ。

凄まじい速度だ。

これまで神や、それに近い力を持った者たちと殺し合ってきたヴィルヘルミナですら、体感したことがないほどの動き。

それはつまり、アラタの力の根源は自分たちが知るものよりもさらに高次元の――。

「おっと、考え事なんてしていたら本当に吹き飛ばされてしまうな」

風を切りながら一気に距離を詰めてきたアラタが、握った拳を振り上げた。

素人まるだしで、ただ感情のままに振り上げた攻撃が、歴戦の強者に通用するはずがない。

その力を利用して距離を取ろうと、迫る拳にそっと手を添え――。

「っ――!?」

ほんのわずか、触れただけでヴィルヘルミナの腕が弾け飛んだ。

後ろに反れたわけではない、文字通り『弾け飛んだ』のだ。

鮮血が空から海へ、粉々になった腕とともに落ちていく。

「これは、とんでもないな!」

あまりにも理不尽な威力に、ヴィルヘルミナは笑いながら距離を取ろうとする。

しかしすぐにアッパーカット。

当たれば腕だけでなく全身が粉々になってしまいそうな一撃だが、上体を反らして躱し――。

「おぉっ――!?」

そこから発生した強風に無理矢理吹き飛ばされた。

小さな身体が、片腕を失ったことでさらに軽くなり、バランスを崩してしまう。

かなり距離を取ったが、今のアラタが相手ではあってないようなものだ。

「はは、ははは！」

腕を再生させ、欲情した瞳で見つめるアラタを見て嗤う。

大量の氷柱を生み出して放つが、そんなものは意に介さず突き進んできた。

そしてヴィルヘルミナの腕を摑《つか》み――。

「調子に乗るなよ」

くるんと、アラタの身体が独楽《こま》のように回る。

力勝負ならともかく、技ありきでヴィルヘルミナに勝てる者などいない。

とはいえ、アラタは身体能力だけであらゆる生物の頂点に立つような男だ。

無理矢理身体を反転させると、ヴィルヘルミナが反応出来ない速度で殴り、その小さな身体が爆散する。

顔以外が木っ端微塵になったにもかかわらずヴィルヘルミナは嗤いながら小さく言葉を紡ぐ。

「貪り食え、闇の紐《グレイプニル》」

瞬間、空間が割れ、そこから闇色の細い紐が大量に飛び出してアラタの身体を拘束した。

力尽くで解《ほど》こうとするが――。

「無駄だ！　こいつはかつての神獣フェンリルですら拘束し得た代物だぞ！」

凄まじい速度で縦横無尽に動く紐が、指の一本すら動くのも許さないと言わんばかりに搦《から》め捕り、人の形の闇となる。

いつの間にかバラバラになっていた身体を復活させたヴィルヘルミナが近づき、拳を振り上げた。

「さっきの礼だ、受け取れ！」

人の形の闇を殴る。

轟音が大気を揺らす。

「まだまだぁ！」

目にも止まらない連続攻撃。

一撃一撃が夜空に轟音を響き渡らせてなお止まらない。

小さな身体のどこにそんなパワーが宿っているのか、大地を割るほどの威力だ。

次第に殴っているヴィルヘルミナの拳が割れ、血が舞い、それでも彼女は止まらない。

「面白い、面白いなぁ！　なあアラタ！　お前はどうやったら壊れるんだ!?　どうやったら、殺せるんだ!?」

知性はなく、技術もない、ただ暴れるだけしか能がない、ただ力で蹂躙《じゅうりん》すればいい、欲しいものはすべて奪えばいい。

そんな原初の暴力で頂点に立てる者こそ、『最強』だ。

闇色の紐に包まれていたアラタが、力尽くで拘束を解いた。

「くは！　お前というやつは……最高だなぁ！」

ヴィルヘルミナは嗤う。

今のアラタに捕まれば、いったいどんなことをされるのだろうかと。

獣のように貪られ、暴力的に汚《けが》され、それでも物足りず、この女という身体に生まれた自分を滅茶苦茶に堕とされ……。

もはや生物としての尊厳すら失うに違いない。

「あぁ……それはなんと甘美な誘いか……」

想像すると、思わず顔がにやついてしまう。

「だが、この身はそんな簡単には喰わせてやれないな！」

迫ってくるアラタに指を向け、風の魔法で銃弾のような衝撃を与える。

海面に向けて一瞬仰け反るが、ダメージはなさそうだ。

「さあ！　落ちろ！」

一発、二発、三発……アラタが身体を起こそうとするより早く、ヴィルヘルミナが接近して再び顔面に風の弾丸を放つ。

そのたびに彼は後退し、同じ距離をヴィルヘルミナが詰めていく。

二人は一定距離を保ったまま、徐々に舞台は空から海面へ。

ほんのわずかな狙いも逸らさず、ピンポイントで眉間に放たれる弾丸はアラタの重心を崩し、体勢を整えさせない。

アラタにはこの程度の攻撃は効かないが元よりこれは時間稼ぎ。

そこで逃がすような甘さはヴィルヘルミナには存在しない。

「はっはー！　時間は十分もらったぞ」

風の弾丸を撃っていた手とは反対の、ずっと天に向けていた手を振り落ろす。

「星堕とし《メテオフォール》」

雲一つなかった夜空に、まるで流れ星のような一筋の光が走る。

凄まじい速度で近づいてくるそれは、ヴィルヘルミナの横を通り、引き寄せられるようにアラタに直撃し――。

「――」

その瞬間、衝撃が海を割る。

世界そのものが破裂したような轟音が遅れて響き、海面に巨大な穴が空いた。

隕石が帯びた熱のせいか辺り一面は濃い水蒸気で覆われ、視界が失われる。

熱気に肌を焼かれながらも、ヴィルヘルミナは気にする様子を見せずに巨大なクレーターを眺めた。

「さて、これなら多少は……っ!?」

巨大な円形の滝が、ゆっくりと閉じるように元の海に戻り始める。

瞬間、ヴィルヘルミナの身体が、大型獣にはねられたように上空へと跳ね上がった。

なにがと思うより早くさらに数発。

先ほどアラタにしたことを再現するように、ヴィルヘルミナの身体が何度も衝撃を受ける。

「く、ふは！」

魔力を感じさせない、見えない攻撃。

どうやら音より速く腕を突き出し、ソニックブームを発生させているようだ。

「同じことが出来る者など、この島でもどれだけいるか……」

魔力で相殺出来ない分、厄介だ。

しかし、何千年と戦い続けた彼女にとって対抗出来ない攻撃ではなかった。

「反射《リフレクト》！」

うっすらと、ヴィルヘルミナの身体に魔力の膜が生まれる。

そこになにかが触れた瞬間、それは飛んできた方向へとそのまま跳ね返った。

跳ね返った攻撃がアラタに当たると、連続して飛んできた攻撃は止まったので体勢を整える。

「……本当に、肉体は化け物だな」

見れば、アラタの身体は少し焼けているものの、ほぼ無傷の状態。

大都市すら一撃で破壊する威力だというのに、理不尽極まりない防御力だと思う。

これはもう、並大抵の魔法では傷一つ付けられないだろう。

化け物を遥かに超える存在を相手に、ヴィルヘルミナは久しぶりに本気で魔力を高め始める。

「くっくっく、ここまで求められるなら、私もまだまだ捨てたものじゃないなぁ！」

巨大な魔方陣が空を埋め尽くす。

その数は千を超え、一つ一つに小さな島であれば吹き飛ばしてしまうほどの魔力が宿っている。

もしただの人間がこれを見たら、神の御業として未来永劫語り継ぐことだろう。

そこから一斉に放たれたレーザーが、アラタの動きを止める。

「普通ならこれで終わりなんだがなぁ……」

この程度では、アラタは倒れない。

だからこそヴィルヘルミナは、極光《きょっこう》のレーザーを放ちながらも、さらなる魔術を構築する。

彼女が天に腕を向けると、光の魔力が宿り始めた。

その光は炎を纏い、雷も巻き込みながら巨大な槍《やり》へと成長していく。

光と炎と雷の槍は凄まじい力を秘め、大気すら震わせていて、この一撃で滅びないものはないだろうという威力。

しかしヴィルヘルミナはそこで止まらない。

「――圧縮」

その一言で、夜空の星すら消してしまうほどの光槍が、闇に消える。

残されたのは、極限の魔力を圧縮して生み出された黒翼の槍。

「神すら滅ぼした魔導の極地。貴様に耐えられるか!?」

――神殺しの魔槍《グングニル》。

かつて神を屠ったヴィルヘルミナ・ヴァーミリオン・ヴォーハイムが誇る、正真正銘の切り札。

天地雷鳴、彼女の魔力に当てられたように世界が脈動する。

世界を切り裂きながら、身動きの取れないアラタに迫り――。

「……おいおい」

悠久の時を生きてきたヴィルヘルミナですら、信じられない光景がそこに広がっていた。

「なんで、これを受け止められるんだ貴様は!?」

ありとあらゆる存在を破壊する最強の一撃。

ヴィルヘルミナが唯一壊せなかったのは、この神島アルカディアくらいだ、と思ったところで、
さらに驚くべき光景。

なにせ、アラタはヴィルヘルミナが放った神殺しの魔槍《グングニル》に耐え、お返しとばかりに『神殺しの魔槍《グングニル》』を作り出したのだから。

「規格外というものは、いつの世にも突然現れるのだな……」

言葉は冷静に、しかしその内心は驚きすぎて口元が引きつっていた。

ヴィルヘルミナは、アラタが一度見た魔法をコピー出来ることを知らない。

だからこそ、それがどれだけ『異常』なことなのかを、理解していた。

「もしかしたら、私を見た人間たちはいつも、こんな気持ちだったのかもしれないな」

化け物、と人間は彼女のことを呼んだ。

理解すら出来ない絶対的な上位者を相手にした者たちは、最後はいつも理解すら拒んでしまうものだ。

強大な魔力を消耗する神殺しの魔槍《グングニル》は、一撃必殺にして必中。

放てば必ず相手を滅ぼすことが出来るが故に、その一撃を撃った後のことは考えられていない。

完全に魔力を消耗しきった今のヴィルヘルミナは、普段の快活な様子とは打って変わって疲労困憊で、とてもあの一撃を防ぐことなど出来るはずがなかった。

「いや、そもそもあれはもう、私が受け止められるものではないな」

アラタが『コピー』した神殺しの魔槍《グングニル》は、ヴィルヘルミナが作り出したものよりさらに巨大な魔力で編んである。

すでに『オリジナル』を超え、同じ魔法とは思えないほどの威力を秘めていた。

「ふふふ……そうか、やはりお前が私の死か」

神ですら滅ぼすことが出来ず、この島のありとあらゆる最強種たちですら不可能だった、ヴィルヘルミナの死の顕現。

それを前にして、ようやくだと思った。

──ようやく、私は死を迎えられる。

「さあ、異界からの使者よ！　万物の神により創り出された聖櫃(せいひつ)よ！　我が身を貫き終焉を見せてみろ！」

　その言葉とともに、特大の神殺(グングニ)しの魔槍(ル)が解き放たれた。

　──ああ、これで私もお前たちとともに……。

　ヴィルヘルミナが瞳を閉じ、そしてかつての友を思い浮かべる。

　この神島アルカディアに来て、殺し合い、笑い合い、ふざけあった、世界からはみ出した者たちのことを……。

◇

　ヴィルヘルミナが神殺しの魔王と呼ばれるようになってから数百年。

　彼女にとって予想外だったのが、神たちにとって神殺しという事象は些細なものだった、ということだ。

　神は『完璧な存在』。

　逆に言えば、死んだ神はそもそも神ではなかったということらしい。

　──つまらんな。

魔物が溢れ、極寒の気候が人類と敵対し、瘴気によって荒れ果てた大地。

並の人間では訪れることすら困難な、北方の地に存在する氷城の玉座で、ヴィルヘルミナは無為な時間を過ごしていた。

勇者を殺し、神すら殺したヴィルヘルミナの名は人類に広まり、その首を欲して多くの人間がやってきた。

もっとも、神剣すら持たない自称勇者など如何に手練れであっても彼女の敵ではない。

退屈しのぎにすらならない相手がやってきても、気分が晴れることはなかった。

――神との殺し合いは良かった。

血湧き肉躍る日々。

殺そうとしても殺せず、敵の一撃はこちらを屠るだけの威力を秘めている。

不死という属性すら無視する神との戦いは、ヴィルヘルミナの心をどこまでも高揚させるものだったのだ。

――また、天界にでも乗り込もうか。

この世界で主神として崇められていた、ヴィルヘルミナを作った神は殺した。

だがまだ知らぬ世界の神々は残っており、きっとそれは楽しい日々を過ごせることだろう。

神を殺してから数百年、今やヴィルヘルミナにとってこの世界はどこまでも退屈なものだった。

――貴方が神か？

ある日、ヴィルヘルミナの城にエルフの少女がやってきて、そう尋ねた。

エルフは元々魔力が高く、魔法に長けた種族だ。

人より強く、しかし長寿なエルフは外の世界に興味がないため、ほとんどが生まれた森から出ることはない。

それゆえ、ヴィルヘルミナも見たことがなかった。

こんな豪雪に塗れた北方の城で出会うなど、と少し驚いたくらいだ。

——神ではないが、神より強いぞ。

戯れに、そんなことを言うとエルフの瞳に光が宿った。

そしてエルフは自身を神と呼び、城に居着き、率先して身の回りを世話をするようになる。

特に追い出す理由もなかったヴィルヘルミナは、そのままエルフを傍に置くことにした。

やってきたエルフの目的はただ一つ、魔法の探求。

この世のすべての魔法を知り、そして使いこなすことを目的としていると語り、神の魔法を手に入れようと考えていたらしい。

そして神殺しの魔王の名が偽りではないことを知り、感動したそうだ。

酔狂なやつだ、とヴィルヘルミナは思った。

ありとあらゆる存在が、自分のことを畏れ、怯え、恐怖する。

というのにこのエルフは、まるで本物の神を崇拝するように接してくる。

――魔法を知りたければ、暇つぶしに付き合え。

そうして始まった魔法を使った殺し合い。

神殺しの魔王と呼ばれるヴィルヘルミナに、エルフが勝てるはずがない。

だがそれでも、多くの魔法を身につけていたエルフは多種多様な攻撃パターンでヴィルヘルミナを楽しませた。

――次はなにを見せてくれる？

あらゆる知識をため込んだエルフはヴィルヘルミナが考え付かないような発想で驚かせた。

悠久の時を過ごした彼女の中で、久しぶりに『楽しい』と感じられる時間。

ヴィルヘルミナには寿命がないし、エルフは長寿の種族だ。

どちらも時間という概念に鈍感で、長い時間をかけても関係が変わることはないと思っていた。

二人は数百年の時間をともに過ごし、多くのことを魔法で語り合った。

だがある日、終わりは突然やってきた。

エルフの時間は有限で、ヴィルヘルミナの時間は無限だったからだ。

――最期に、言い残すことはあるか？

ほぼ毎日、魔法に付き合ったエルフは、満足そうに笑う。

彼女にとって、神と崇めるヴィルヘルミナと魔法の探求をしたことは、かけがえのない時間で、後悔など何一つなかったからだ。

それがわかったヴィルヘルミナは、許せないと思った。

彼女自身、なにが許せなかったのかわからない。

この世界の理《ことわり》なのか、寿命などというくだらない概念を生み出した神なのか、それともこうなる未来があるとわかっていたにもかかわらず、最期まで付き合ってしまった自分自身なのか……。

——最期に、至高の魔法を見せてやる。

生まれて初めて、心の底から感情的になったヴィルヘルミナは、自身の持つすべての魔力を解き放つ。

そうして神すら屠った最強の魔法を天に向けて放つと、吹雪く曇天の空を吹き飛ばし、蒼い空と暖かい太陽が現れ——。

——どうだ？

自慢げにヴィルヘルミナが問いかけると、エルフは「美しいです」と一言だけ紡ぎ、息を引き取った。

◇

本来そこでヴィルヘルミナとエルフの物語は終わるはずだった。

だが不幸なことに、吸血鬼は魔力と血を求める生物として神に生み出され、ヴィルヘルミナの魔力は欠乏している状態。

或いはこれは、神殺しを為したヴィルヘルミナに対する神の呪いだったのかもしれない。

枯渇した魔力。そして目の前に極上の魔力を帯びた存在が眠っている。

――それは、駄目だろう……。

そう思ったはずのヴィルヘルミナは、しかしいつの間にかエルフの首を囓《かじ》っていて、生まれて初めて望まぬ眷属を生み出した。

死んだはずのエルフは元の身体とは比べものにならないほど強靭な肉体に、ヴィルヘルミナの血を得たことで増した膨大な魔力を宿した怪物として生まれ変わる。

吸血鬼となった者のほとんどは理性を失い、ただ人を襲う怪物となり、そしてそれはエルフも変わらなかった。

人を人と思わない圧倒的な力を持った怪物の存在は、放っておけば神話に刻まれることだろう。

もしこれまでのヴィルヘルミナであれば、それも一興と見守ったかもしれない。

しかしこのエルフに関しては……。

――殺すしかない、か。

そうして怪物となったエルフを殺したヴィルヘルミナは、再び神々に戦いを挑みに行った。

まるで、死を追い求めるように。

◇

何度も訪れた白い部屋。

そこに立つ、黄金の髪と九本の尻尾が特徴的な美女——タマモさんが、俺を見て微笑んでいる。

「これが、ヴィルヘルミナがこの島に来ることになった経緯ですよ」

「そうですか」

ヴィーさんの過去を見た俺は、なんとも言えない気持ちになった。

いつも俺たちをからかっている彼女と、映像の中の彼女がまったく一致しなかったからだ。

「この島は元々、ヴィルヘルミナを封印するために神々が用意した処刑場なのです」

「……神は、ヴィーさんに興味がなかったんじゃないんですか？」

「ええ。ですが悠久の時を生きる神々も退屈で死にそうだったのでしょうね。だから娯楽を欲して、神殺しの彼女を殺せる化け物を用意するから、おとなしくこの島で待っていろ、と唆《そそのか》したのです」

タマモさんはその声に若干の怒りを交ぜて、そう言った。

「そうして、神々は大陸で手に負えなくなった生き物たちを送り込んで、ヴィルヘルミナと殺し合いをさせていました」

「いました？」

「理由はわかりませんが、いつの間にか、世界から神々の気配が消えていたのです」

そうして解放された島の住民たちは殺し合いをやめ、新しい生き方をするようになったらしい。

神獣たちは子孫を残し、スザクさんを中心とした神獣族たちが力を受け継がなかった獣人たちを守るようになった。

鬼神族も、大精霊様たちも、古代龍族も、それぞれ里や村を作り、守るべき存在たちと生きるようになった。

そうして島の殺し合いはなくなり、最後に残されたのは、またもやヴィーさんだけ。

「その後、ヴィーさんはどうしたんですか？」

「たまにこの島にやってくる新しい生き物を見つけては、殺し合いをしてましたね。しかしそれらも、結局のところ彼女の敵になり得ず……」

「そうですか」

「だからアラタさん。お願いがあるのです」

その続きを聞く必要はないと思った。

だって俺なら、ヴィーさんの望みを叶えてあげられるのだから――。

◇

そして神殺《グングニル》しの魔槍はヴィーさんの横を通り抜け、なにかとぶつかり、島中に轟音が響き渡る。

「……」

夜空の下、ヴィーさんが胡乱《うろん》げな表情で俺を睨みつける。

「貴様、いつ正気に戻った？」

「今ですよ。まあ、意識はなんとなくありましたけど」

実際、神殺《グン》しの魔槍《グニル》が直撃するまでは本当に暴走状態だったのだ。

それこそ、ヴィーさんを捕まえてめちゃくちゃに蹂躙したいと思ったくらいで……。

思わず視線を逸らすと、彼女は苛立ち気に顔を近づけてきて、まっすぐ瞳を見つめる。

「あいたっ!?」

そしてなんの脈絡もなく、脛《すね》を蹴られた。

痛みはなかったが反射的に痛いと言ってしまう。

「結局、すべて貴様らの思惑通り、ということか……」

ヴィーさんは俺から視線を外すと、背中を向けて黙り込んでしまった。

どうやら最後の最後で、俺たちの考えていた通りに物事が進んだことにご立腹らしい。

「今度、絶対レイナにヤリタクナルダケを喰わせてやる」

「そういう嫌がらせはやめましょうね！」

「知るか。そもそも私を騙した貴様らが悪い」

それを言われると、俺も黙るしかなくなってしまう。

たしかにヴィーさんによる魅了の魔眼は俺に効果を発揮した。

完全に無敵の身体というわけではなかったらしいが、どうやら俺の身体に危害を加えられるかどうか、がジャッジの判定基準らしい。

俺は本気を出せないだろう、とヴィーさんが考えるのはわかっていた。

だからこそ、魔眼で強制的に戦わせようとすることも。

――いざというときは私に任せてください。

タマモさんの残滓。

彼女は夢を通して俺に話しかけ、魔眼を解く約束をしてくれた。

俺が思った以上にギリギリまで引っ張られてだいぶ焦ったけど……。

「タマモめ、余計なことをしてくれる」

「あ、そういうのわかるもんなんですか？」

「こんな遠回りなお節介をするのは、あいつくらいだからな」

結局、俺は自分の意思ではヴィーさんを殺そうとまでは思えなかった。

だからこんなやり方でしか、彼女を満足させることが出来なかったんだけど、それは今の顔を見る限り多分――。

「それで、ヴィーさんは楽しんでくれましたか？」

「……そうだな」

今の彼女は空に浮かぶ満月を見つめながら、どこか遠くを見つめている様子。

「ずっと昔、まだあいつらと遊んでいた頃を思い出したよ」

「それなら良かったです」

そうして俺たちは、それ以上言葉を交わさず、ただ黙って夜の空を見上げるのであった。

エピローグ　お別れ

ヴィーさんと全力の殺し合いをした後。

真夜中に突然の、上空を切り裂く光と島中に響き渡る轟音によって、全種族がヴィーさんの戦いを知るところとなる。

俺は各地へと奔走し、いきなり驚かせたことに謝罪する日々。

また、俺のことを知らない種族には、スザクさんが中心となって事情を説明して回ってくれた。

——お前にはまだ恩を返しきれてねぇからな。

そう男前に笑う姿は格好良いなと思ってしまった。

ヴィーさんは我関せずというか、悪いとは思っていないため全然動こうとはしないのに、この差だよまったく……。

「さあレイナ！　一緒に風呂でも入ろうじゃないか！」

「ちょ！　結界張ってたはずなのに!?」

「ははは！　あんなもので私を止められるはずがなかろう！」

お風呂場から聞こえてくる声を、俺は聞こえない振りをする。

なぜヴィーさんが俺たちの家にいるかというと――。

――新しい城だが、古くて直すのに時間がかかる。

住んでいた城が壊れてしまい帰る場所を失ったため、一時的に俺たちの家に押しかけてきたのだ。

城が壊れた一因を担っている身としては無下にも出来ず、レイナに相談して共同生活をすることになった。

家族が増えたとスノウは喜び、ティルテュはちょっと焦った様子でマーリンさんのところに飛び込み、ルナはなにかを感じ取ったのか笑顔で受け入れた。

いつも通りだが、悪感情など欠片《かけら》もないこの仲間は本当に良い子たちだ。

意外といえば、ヴィーさんがそれなりに家事などを手伝ってくれたことだろう。

――家を借りるのだから、これくらい当然だろう？

と言うが、正直俺もレイナもソファで寝転びながら指示を出す彼女を想像していただけに、少し驚いたものだ。

子どもたちの相手もしっかりしてくれるし、スノウに対しては孫を可愛がる祖母のような顔すら見せていた。

今も天候を操作して雪を降らせて、みんなで雪合戦をして、スノウたちはご満悦だ。

「あ、ゼロスが吹っ飛ばされた」

「マーリンは全力で逃げてるわね」

ちなみに、対戦はゼロス、ティルテュ、ルナ対マーリンさん、スノウ、ヴィーさんだ。

ちびっ子たちは小さいとはいえ、この島の生態系の頂点に立つ面々。

雪玉一つが爆撃みたいな威力を秘めていて、大人二人から悲鳴が上がっている。

「はーはっはっは！　良いぞ貴様ら！　もっとぶっ――」

ゼロスたちの慌てふためく姿を見て、高笑いをしていたヴィーさんの顔面に雪玉がぶつかる。

雪玉の飛んできた方を見ると、ティルテュがにやりと笑っていた。

「ふっふっふ、油断大敵だぞ吸血鬼」

「……なるほど。私とやろうというのだな古代龍」

ヴィーさんはゆらりと宙に浮くと、両手を広げて空中に魔方陣を描く。

そしてそこから、無数の雪玉を発射し始めた。

「ちょ――!?　そ、それはずるいぞ！」

「はっーはっはっは！　戦いにずるいなどあるものか！　そもそも、自分に出来ないことを相手がしたからといって、それをずるいと言う方がずるいだろう！」

「待て、待て待て待て！　それは俺が死ぬから――！」

「ルナが守ってあげるよー」

ヴィーさんの雪玉ガトリングを前に、ゼロスが悲鳴を上げるが間にルナが入って防ぐ。

タマモさんの力を得たことで以前よりもより強くなったルナは、幻術を使って雪玉が当たらないようにしていた。

おかげでゼロスは無傷だが――。

「ル、ルナー！　我も助けぶべっ――!?」

「さあ、生き埋めだ！」

「ま、待て――」

「待たない！」

一度当たった雪玉のせいで倒れたティルテュに追い打ちをかけるように、凄まじい数が打ち出される。

「おー」

どんどん埋められていくティルテュを見て、スノウはちょっと感心した様子だ。

しかし、ちょっと教育に悪いからあんな風に生き埋めにするのはやめて欲しいなぁ。

「もうこれ、人間の私たちが参加できるレベルじゃないわね」

こっそり、マーリンさんがこちらにやってくる。

どうやらこれ以上彼女たちの遊びに付き合っていたら、命がいくつあっても足りないと思って避難してきたらしい。

だけど、それに気付いたゼロスが、ルナの背中に隠れてマーリンさんを指さしてなにかを言っている。

　ルナはしゃがんで雪玉を作ると、こちらに投げてきた。

「まったく、この島は相変わらず規格外でぶっ――」

　直撃したマーリンさんは、まるでトラックにはね飛ばされたように吹っ飛んでいく。

　それを見て全力で笑っているゼロスと、自分の雪玉が当たったことに喜ぶルナ。

「ふ、ふふふ……」

　マーリンさんは幽鬼のごとく、ゆらりと立ち上がると黙って俺の部屋に入っていく。

　どうしたのだろう、と思っていると家で暖まっていたはずのカティマを連れてきた。

「マーリン、約束は守れよ」

「ええ、もちろんよ」

「よし、それならカティマが手伝ってやる」

　カティマは背負った斧を構えると、全力で下から上に振り上げ、その衝撃で足元の雪がえぐり取られてゼロスたちに襲いかかった。

「う、おぉぉぉ!?」

「こ、これは無理だよー」

　まるで津波のような勢いで二人に襲いかかるそれは、ルナの力でも止めることが出来ず二人を呑み込んだ。

そうして、ティルテュたちのチームは全員が雪に埋まって全滅。

「どうですかスノウ様！　カティマは頑張りましたよ！」

「うん、カティマすごい！」

敬愛する大精霊に褒められて、カティマも満足そうだ。

中々微笑ましい光景。そして――。

「私の敵ではなかったな！」

「ゼロス、ザマァ見なさい！」

大人たちは勝ったことを本気で喜んでおり、ちょっと大人げないなと思わずにいられなかった。

とはいえ、楽しそうなことには変わらない。

「じゃあ、次は俺も交ぜて貰おうかな」

そう言った瞬間、その場にいる『全員』から一斉に雪玉が飛んできた。

え？　あの、チーム分けは……？

「アラタ対、他全員みたいね。ということで、私も向こうのチームに入るわ」

「えぇぇ……」

そうして、俺はその場にいた全員から一方的に雪玉を投げられるのであった。

◇

翌日、鬼神族の里を出るときに約束したとおり、俺たちの家にサクヤさんが遊びにきた。

相変わらず雪遊びに夢中な子どもたちと異なり、落ち着いた様子の彼女はレイナと雑談に興じている。

話の中身は、どうやってグラムとの出会いを作るか。

別に聞き耳を立てているわけではないが、時折聞こえてくるレイナのアドバイスはなんだか古い書物から引っ張ってきたようなものばかりで、どうにも駄目っぽい。

「おいアラタ。レイナのやつ、なぜあれであんなにも自信満々なんだ？」

「えーと……まあ人には得手不得手、ってものがあるから……」

ヴィーさんが過去最大級に呆れた顔を見せる。

俺も誤魔化すようにそんな言葉を出してしまうが、このままではサクヤさんの恋愛がピンチだ。

「仕方ない。この恋愛マスターである私が一肌脱いでやるか」

「いちおう言っておきますけど、ヤリタクナルダケは禁止ですからね」

「大丈夫だ。私にはブラッドワインがある！」

「それも禁止！」

欠片も大丈夫じゃない提案をしてくる。

このままではグラムが一生のトラウマを抱えてしまうと思った俺は、ヴィーさんとレイナ以外に頼れる恋愛経験豊富な女性——マーリンさんを呼んでくるのであった。

そしてなぜか一緒にやってきたティルテュを含めて始まる女子会。

追い出された俺と、恋愛に興味がなくて交ざれないスノウとルナ。

俺たち三人は、仕方がないので狩りをしに行くのであった。

◇

その日の夜、妙に寝苦しいなと思って目が覚める。

「ん？　なんだ？」

布団の中に、俺以外の誰かがいることに気付いた。

もしかしてまたスノウが忍び込んだか？　と思って布団を上げると、そこには見慣れた紅い髪。

「……なんでレイナが？」

普段の寝間着ではなく、下着に近い紅いネグリジェで、妙に扇情的な姿。

正直、動揺しすぎて逆に冷静になってしまった。

——これは、やばい気がする。

「……アラタ」

少し瞳を濡らし、魅惑的な視線で俺を見つめてくる。

あまりの色っぽさに一瞬俺の身体は硬直してしまうが、いくらなんでも、レイナの意思とは思えない。

こんな格好で布団に入ってくるなんて、それ以外の意味などないだろう。

けど――。

レイナがこれまで直接的な行為に走ったことはないし、今日入ってくる理由もない。

つまりこれは……。

「ヴィーさん？」

「なんだ、男のくせに据え膳も喰わんのか貴様は」

レイナの姿、レイナの声のままヴィーさんの言葉が飛び出してきた。

同時に、空間が揺らぐといつもの彼女が姿を現す。

やっぱり、と思いホッとした。

どうやらこれは、彼女のお遊びらしい。

とはいえ、こんな遊びは俺の心臓がもたないし、なによりレイナの尊厳を傷つける行為だからやめて欲しいところだ。

そう思って少し怒ったように睨むと、ヴィーさんは納得がいかないと言いたげに拗ねた表情を作る。

「露骨にホッとしおって。それはそれでむかつくな……」

「いや、なに言ってるんですか？　って――」

俺の身体がなにかに拘束されて動けなくなってしまう。

それと同時に、ヴィーさんが俺の身体に全身をこすりつけながら上ってきた。

「な、なにを？」

「男と女が月明かりしかないベッドの中ですることなど、一つしかないだろう？」

ただでさえ肌を隠す面積の少ない服を、あえて俺に見せつけるようにはだけた。

脳が蕩けるような、甘い匂いが部屋に充満し、軽くめまいがして力が抜ける。

ニタァと、まるで肉食獣が獲物を食べる前のように口を開くと、小さな牙が生えており、ゆっくりと俺の顔に近づいて――。

「ヴィルヘルミナさん！」

勢いよく扉が開く。

そこにはなぜかヴィーさんと同じネグリジェを着た本物のレイナが、顔を真っ赤にして立っていた。

「ち、幻術で色々とやってやったのに、なんでこんな早くこっち来られるんだ……」

「ルナが幻術を解いてくれたのよ！」

いそいそと近づいてくると、掛け布団を一気に引き剝がす。

そしてヴィーさんの身体を持ち上げようとしたところで、俺に抱きついていることに気付いた。

「……」

「あのさ、レイナ。これは俺も身動き取れなくて……」

「ええ、わかってるわ。大丈夫、私もこの人に変な幻術かけられて大変だったから……」

「変な幻術とは心外だな。貴様の願望をダイレクトに反映してやっただけだぞ私は」

なぜかそう言いながら両腕を俺の首の後ろに回し、足を絡めるように抱きついてくる。

接触面積が大きくなったせいか、ヴィーさんの熱と鼓動の音が伝わってくるような状態。

「なぁアラタ。貴様も男だ。ならこのまま、私を受け入れて良いんだぞ？」

一瞬、ヴィーさんの瞳が妖艶に光る。

それが魅了の合図だとわかった瞬間、ドン！　と地面を蹴る音が聞こえて正気に戻る。

「……アラタなら、魔法を受けても大丈夫よね？」

「えーと。もう夜も遅いし、出来ればあんまり派手にやらないでくれると嬉しいかな」

レイナの手には、小さな竜巻が渦巻いていた。

手のひらサイズのそれだが、これまで見た彼女のどの魔法よりも力強い気がする。

「おいレイナ。それを放ったら、この部屋は滅茶苦茶に――」

「知らない」

ぽいっと、竜巻をヴィーさんと俺に向けて投げる。

その瞬間、凄まじい轟音とともに、俺の身体は外まで吹き飛ばされるのであった。

◇

翌日。

「酷い目にあった」

「貴様、あれだけしてやったのに酷い目とはなんだ」

「深夜に気持ちよく寝てたら外に放り出されたのを、酷い目と言わずになんと言いますか？」

レイナに用意して貰った朝食を食べていると客間からヴィーさんが眠たそうにやってくる。

朝から起きてくるのは珍しいが、おそらく昨日はあのまま眠ってしまったのだろう。

このまま健康的な生活をしてくれたら良いのだが、多分明日にはまた夜型の生活に戻ってしまうと思う。

「いやそもそもな、吸血鬼に朝早く起きろはさすがにないだろ」

「ごもっとも」

「それにしても、昨日のレイナは中々面白かったな」

「あれを面白いと言えるのは貴方だけですよ」

「そうは言うが、貴様だって興奮しただろう？　ほら、下半身は正直だったぞ？」

朝から下ネタを言ってくる吸血鬼など、無視でいいだろう。

「……おーい、無視するなよ。なんなら、昨日レイナになにをしたのか教えてやってもいいぞ」

「レイナに？」

そういえば、昨日の夜。

結構焦っていたから確認できなかったが、レイナの格好は妙にその、エロかったというか、そもそもあんな服を持っていたのかと驚いた。

それに、今まで寝るときはあんな格好じゃなかったはずなのに、なぜ昨日に限って――？

「お、興味あるか？　なら――」

「ヴィルヘルミナさん、昨日みたいなことしたら次こそ追い出すからね」

厨房からやってきたレイナが鋭い視線でヴィーさんを睨みながらテーブルに料理を置く。

サラダにパン、そして鶏ガラのスープは朝食にちょうど良いメニューだ。

「今追い出されたら、別のやつのところに行かないといけないからな。それは面倒だから、黙っておいてやろう」

「え？　いや、そこまで言われてやめられたら気になるんだけど――」

「アラタ？」

「まあ人には言いたくないこととかもあるもんね」

にっこりと威圧的に笑うレイナに屈することにした。

ヴィーさんは出された朝食を食べ始めて、それ以降なにも言わなくなってしまった。

ふと俺がレイナに視線を向けると、彼女は照れたように顔を背ける。

というか、やっぱり昨日レイナもなにかされたのか。

「まあなにをしたかというと、夢をリアルにしてやっただけだ」

貴族令嬢と見紛《みまが》うばかりの丁寧な所作で食事を終えたヴィーさんは、口を拭きながらさらっと言う。

一瞬なにを言われたのかわからなかった俺とレイナは固まり、そしてすぐにレイナがヴィーさんに詰め寄った。

「い、言わないって言ったじゃない！」

摑《つか》みかかろうとしたところで、ヴィーさんの身体が無数の蝙蝠《こうもり》に変身しバラバラに散ったあと、レイナの背後に回り、元に戻る。

「くくく……あの夢だがな――」

「っ――ぇ？　嘘……」

「本当だ」

そして耳元でなにかを囁いたあと、すぐに遠くに消えてしまった。

一瞬で聞き取れなかったが、恥ずかしいことを言われたのか、レイナの顔は真っ赤だ。

「レイナ？」

「な、なんでもない……」

「……ヴィーさんがあんまり悪戯するなら、また注意するからね」

「……うん」

とりあえず、追い出すつもりはないらしい。

元々心優しい少女だし、困っている人を見捨てることなんて出来ないだろう。

「というか、新しく出した城も古くて、直すまで住む場所がないって言うけど……」

直る見込みなんてあるのかな？

さすがのレイナも城を造るなんて無理だろうし、今は使い魔とかにやらせてるそうだけど、どれだけ時間がかかるのやら……。

その辺りは話し合っておいた方が良い気がしたので、俺はヴィーさんを追いかけて外に出ることにした。

◇

外は昨日の雪が残り、白銀の世界が広がっていた。

あれだけ遊んだのに足跡はほとんど残っておらず、二人分の足跡だけが森へと続いている。

それを追いかけていくと、雪は途中で終わってしまう。

しかし海岸のほうに繋がっているのがわかったので、そのまままっすぐ進んでいく。

「あれは……」

海岸に到着すると、いつもの岩場にヴィーさんとルナがいた。

二人は立って、水平線を見ながら、なにかを話している様子。

近づいていいのかな、と思っていると不意に二人が振り向いた。

「なんだ、誰が覗き見しているのかと思ったら、アラタか」

「こっちに来ていいですよ」

「……タマモさん？」

「はい」

にっこりと、普段のルナが太陽の子どもだとしたら、彼女は月の女神のような微笑み。

年齢に見合わない大人の笑みは、どこか蠱惑《こわく》的な魅力を放っていて――。

「おいタマモ。ところ構わず魅了を使うんじゃない」

「あら、失礼」

不意に視界が広くなる感覚。

どうやらまた、彼女に魅了をかけられていたらしい。

「貴様もいちいち引っかかるな。少しでも抵抗しようという意思を見せれば、貴様なら弾けるだろうが」

「そんなこと言われても……」

困ったことにこの身体、どうやら俺が意識的にシャットダウンしないと、ダメージを受けない物に関してはスルーしてしまうのだ。

そして相手がルナだと思うと、あまり抵抗しようという意思が持てないのである。

「ふん……まあいい」

「それで、二人はなにをしていたのですか？」

消えたはずのタマモさんが表に出てきている理由は聞かない。

力を無くしてもう表に出てこられないと聞いていたが、それもきっと彼女の嘘だったのだろう。

とはいえ、俺たちに害をなすわけでもないし、ちょっと悪戯が好きなだけで悪い人でないのもわかっているのだ。

「ヴィルヘルミナと、最後の別れをしようと思いまして」

「別れ？」

「ええ」

「……」

また嘘だろう、と思うがその割にはヴィーさんの雰囲気が重い。

彼女ならタマモさんの嘘もわかるだろうし――。

「もしかして、本当に？」

「別に、死ぬわけじゃありませんよ。ただ今度こそ、本当に消えるだけです」

ヴィーさんとの戦いのとき、タマモさんから彼女の過去などを教えて貰った。

しかしよく考えたら、実体のない状態で俺に干渉するには、かなり無理をしたんじゃないだろうか？

タマモさんが力を使いすぎたのは、もしかして俺のせい……。

「気にしないでください。元々、私がしたくてしたのですから」

そんな俺の気持ちを感じ取ったのか、タマモさんは微笑みを向ける。

「久しぶりに旧友と遊びたかった、ただそれだけなんです」

「……ふん」

二人が黙り込んでしまうと、風に煽《あお》られた波の音が岩場にぶつかり水しぶきを上げる。

言葉を交わす必要などない。

ただそこにあり続けるだけで、二人はなにかを伝え合っているように感じた。

「さて、それではそろそろお別れの時間ですね」

「そうか」

「ええ。今回はちょっと頑張りすぎたので、次に会えるのは少し遅くなりそうですけど……」

「気にするな。待つのも慣れたものだ。それに今は――」

不意に、ヴィーさんが笑いながら俺を見る。

「こいつらがいるからな」

「そうですね……ええ、とっても良いお友達が出来たみたいで、良かったです」

「殺しても死なないやつだ。ああ、だからお前も私のことなんて気にせず、のんびり休め」

ヴィーさんがそう言うと、タマモさんは優しく微笑んだ。

「あれ？　なんでルナ、ここにいるの？」

「私たちと遊びすぎて、さっきまでの記憶が飛んだか？」

「ええー！　そんなこと今まで一回もなかったよ！」

いつものルナだ。だが、その表情はどこか遠くを見つめていて——。

「でもなんか……寂しい気持ちが……」

もしかしたら、ずっと見守ってくれていたタマモさんが完全に消えたからだろうか？

ルナが悲しそうな表情で俯《うつむ》き、それをヴィーさん近づいて抱き寄せる。

「ヴィーちゃん？」

「今お前が感じている喪失感は、いずれ埋まる。だが忘れるな。そこにはたしかに、貴様を見守っていたやつがいたことを」

「……うん。ヴィーちゃんは、その人のことを知ってるの？」

「ああ、そうだな。馬鹿みたいに暴れていた私たちを見て、いつも笑っていたお節介な女だ」

そうして、ヴィーさんはその場に座り込んで水平線を見ながら、ポツポツと語り出した。

名前は出さなかったが、それがタマモさんのことなんだとわかるように、ゆっくりと——。

間章　嵐の先へ

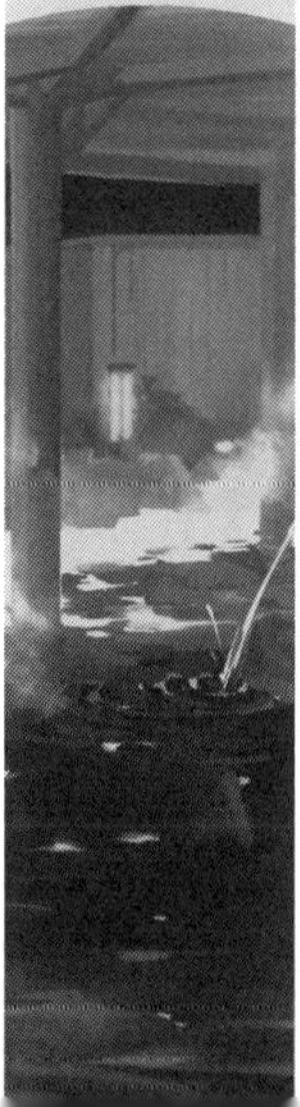

船を求める勇者パーティーと、目的地までの『縁』を求めた七天大魔導。

本来敵同士の彼らだが、それぞれに共通の目的、そしてメリットがあると感じて同じ船に乗ることになった。

この場にいる面々は、紛れもなく大陸最強の戦力だ。

たとえどのようなことがあっても、きっとなんとかなるだろうと、船に乗る全員が思っていた。

しかし、船を出して数日が経ったころ、突然夜を切り裂く一筋の光が現れると、事態は一変する。

つい先ほどまで快晴だったはずの空は見る影もなく、巨大な嵐に巻き込まれたように船を揺らし始めたのだ。

「アーク！　セレス！　やばいわよ！」

「まずいな……船が、保《も》たない！」

十人にも満たない人間を運ぶために用意された巨大な船は今、海の藻屑となりかけていた。

元聖女のセレスも、なんとか船体を保たせるために結界を張ろうとするが、なぜか魔法が発動しない。

「そんな……このままでは――」

慌てているのはセレスたちだけではない。

七天大魔導として、災厄とまで呼ばれるような魔物たちをも退けてきたカーラも、命の危機を感じて叫ぶ。

「ちょちょちょ！　セティなんとか出来ないんですか!?　風なら貴方の得意分野でしょう！」

「……やっている、が無理だ。風が言うことを聞かない」

「えぇぇぇ!?　じゃ、じゃあゼフィール！　雷皇なんて呼ばれてる貴方なら――」

揺れる船の上で仁王立ちになりながら、空に向けて魔法を放とうとするも、なにも生まれない。

二百年、魔導を追求し続けた男にとっても、この現象は初めてのことだった。

「……これはいったい」

「無駄だ、ゼフィール」

一言、黒い軍帽を被り、軍服のような服を着た少女が呟く。

「……なにか、知っておられるのですか？」

「これはもはや、人の手でどうにか出来ることではない」

彼女の名はエディンバラ・エミール・エーデルハイド。

七天大魔導『第一位』にして、終焉の怪物、始まりの魔法使いとまで呼ばれた、世界最強の存在である。

「そ、そんな……さっきまでは全然なんともなかったじゃないですか！」

最強の魔法使い集団とはいえ、命の危機が迫っても動揺せずにいられる者は少ない。

少なくとも、カーラは強者でありたいだけであって、いつ死んでも良いとは思っていなかった。

それぞれが出来ることはないかと探している中で、聖女セレスだけは冷静なエディンバラを見て動きを止めた。

「先ほどの閃光……」

「ほう、気付いたか聖女」

「か細い、ですがこれまで感じたことがないほど強大な魔力が空を切り裂き……そしてその後すぐにこの嵐が来ました」

セレスの言葉を聞いたエディンバラは、愉快そうに笑う。

「ああそうだ。あれが『なにか』を切り裂き、そして今がある。つまり――」

――目的地は近い。

船にいる全員が死に直面して困惑している中、エディンバラは船頭に向かい、そして水平線を見つめながら笑う。

まるでその先にいる『誰か』が見えているかのように、嬉しそうに……。

あとがき

この度は『転生したら最強種たちが住まう島でした。この島でスローライフを楽しみます』の第四巻をお手に取っていただき、誠にありがとうございます。

私のデビュー作である前作は三巻完結でしたので、実は四巻を発売させていただくというのは初めての経験になりました。

のんびり楽しくわいわいやろう、という大きな目的のない物語で、最初は長く続けられるか不安もあったのですが……今では思っていた以上にキャラクターたちが勝手に動いて、これならいくらでも書けそうだって気分です（笑）

表紙は真祖であるヴィルヘルミナがメインとなりましたが、色気があって美しい……。

物語も今までとだいぶ異なり、ヴィルヘルミナの重い過去なども入れてみましたが、彼女のバックボーンに相応しいイラストで、さすがＮｏｙ先生だと思いました。

そして山浦先生が描いてくださっているコミカライズ版ですが、１巻も２巻も発売『即重版』という素晴らしい結果となり、シリーズ通して絶好調！

コミカライズ版で初めて絵になるキャラもいますし、是非そちらも見てみてください！

自分事になりますと、作家として新しいお仕事も増え、今年は新シリーズも増えそうです。

小説の他にも、コミカライズとは違ったオリジナル漫画の原作をさせていただき、新しい分野にも参加させていただくなど、当分は作家として頑張っていけそうですね。

目下の悩みは、流行のゲームなんかをする時間が全然取れてないことですが、これは嬉しい悲鳴と言うことにしておきます（笑）

次の巻では、ついに島の外で何度もピンチに陥ってきた聖女たちが登場！（予定！）

そしてレイナの師匠であり、七天大魔導の『第一位』が満を持して登場！（予定！）

シリーズの人気的にきっと5巻も出ます！（作者の願望！）

ということで、次巻も楽しみに待っていただけると嬉しいです！

楽しい作品を書けるよう頑張りますので、良ければこれからもお付き合いよろしくお願いいたします。

平成オワリ

転生したら最強種たちが住まう島でした。
この島でスローライフを楽しみます
大魔導士、神獣、古代龍――!? 最強だらけのこの島で、ただの人間の俺が最高のスローライフを楽しみます!!
コミックス最新2巻大好評発売中!!
[漫画]山浦柊
[原作]平成オワリ・Noy
ガンガンONLINEにて
コミカライズ連載中!!

SQEXノベル

転生したら最強種たちが住まう島でした。この島でスローライフを楽しみます　4

著者
平成オワリ
イラストレーター
Noy

2023年4月7日　初版発行

発行人
松浦克義
発行所
株式会社スクウェア・エニックス
〒160-8430
東京都新宿区新宿6-27-30　新宿イーストサイドスクエア
（お問い合わせ）スクウェア・エニックス　サポートセンター
https://sqex.to/PUB
印刷所
中央精版印刷株式会社
担当編集
鈴木優作
装幀
冨永尚弘（木村デザイン・ラボ）

本書は、カクヨムに掲載された「転生したら最強種たちが住まう島でした。
この島でスローライフを楽しみます」を加筆修正したものです。

ISBN978-4-7575-8515-7　C0093　Printed in Japan